宝は㋮のつく土の中！

喬林　知

JN266533

13920

角川ビーンズ文庫

宝はマのつく土の中!

宝はマのつく土の中！
ヨザック
【グリエ・ヨザック】
グウェンダルの部下で
女装もたしなむお庭番。
コンラッドの幼なじみ
にして戦友。
コンラッド
【ウェラー卿コンラート】
前魔王の次男で、
ユーリの名付親。
現在は大シマロンに
身を寄せる。
ユーリ
【渋谷有利】
正義感と負けん気が
人一倍つよい高校生。
第27代魔王に
就任。主人公。
Tomo Takabayashi
illust. Temari Matsumoto

登場人物紹介
渋谷勝利
ユーリの兄。
5歳年上の大学生。
エリート街道驀進中。
ブラコン。
ヴォルフラム
【フォンビーレフェルト卿ヴォルフラム】
前魔王の三男。
ひょんなことから
ユーリの婚約者に。
グウェンダル
【フォンヴォルテール卿グウェンダル】
前魔王の長男。
趣味・あみぐるみ。
冷徹な皮肉屋。
村田　健
通称・ムラケン。
ユーリの友人。
ごく普通の眼鏡くん
と思いきや正体は
双黒の大賢者。

本文イラスト／松本テマリ

ああ弟よ、きみを泣く。

きみ死に給《たも》うことなかれ……いや、俺は親父《おやじ》と違《ちが》って事なかれ主義では絶対にないから。

もちろん俺が都知事となった暁《あかつき》には、所得による税率の格差を無くし、新・都市博Rを開催《かいさい》し、芥川賞《あくたがわしょう》、直木賞獲得《なおきしょうかくとく》は無理でも「新シャボン玉ホリデーHG」の台本くらいは毎回書き下ろすつもりだ。

だが今は十年後の都政を考えている場合ではない。命と同じくらい大切な弟が、よりによって異界の地で行方《ゆくえ》不明なのだ。聞けばそこは空飛ぶ骸骨《がいこつ》や、意思伝達をしあう骸骨までもいる恐《おそ》ろしい場所らしい。そんな骸骨アイランド……いや恐ろしい世界に、大事なゆーちゃんを置いておけるものか。

思えば子供の頃《ころ》から弟を助けるのはいつも俺の役目だった。洋式便器の便座を下ろし忘れて座ってしまい、すっぽり塡《はま》って泣き叫《さけ》ぶ有利《ゆーり》を救出したのは、親父でもお袋《ふくろ》でもなくこの俺だ。今頃きっと弟は、見知らぬ土地で心細さのあまり「おにーちゃん、おにーちゃん」と泣いているに違いない。

待ってろ、ゆーちゃん！　おにーちゃんが助けてあげるからな！

ナイアガラの滝《たき》を潜《くぐ》り抜《ぬ》け、いま、兄がゆきます。

1

「単なるボディーガードのおにーちゃんかと思ったら」

ヘイゼル・グレイブスと呼ばれた女性は、その名のとおり榛色《はしばみいろ》の瞳《ひとみ》を眇《すが》めた。

「……驚《おどろ》いたね、何であたしをそんな名前で呼ぶ？」

彼女は汚《よご》れた白髪頭《しらがあたま》を振《ふ》り、燃え盛る炎《ほのお》に乾《かわ》いた燃料を放《ほう》り込んだ。臭《にお》いからして多分、動物の糞《ふん》だ。確認《かくにん》するのはやめておこう。

「あんたたちは一体何者だい。遠い遠い魔族《まぞく》の国の王様がいらっしゃるという噂《うわさ》を耳にしたと思ったら、それらしき御《ご》一行様はごく普通《ふつう》に、この世界には存在しない言語を喋《しゃべ》ってる。おまけにボディーガードの一人は、滅多《めった》に使われないあたしのファミリー・ネームまで知っているときた」

存在しない言語だって？

無意識に喉元《のどもと》に手をやってから、おれは誰《だれ》にともなく尋《たず》ねた。

「……今、何語《ナニご》で喋ってますカ……」

老女は奇妙《きみょう》な顔をして、おれとコンラッドを交互《こうご》に見比べた。

「英語だよ。あたしがうっかりComeonなんて言ったのが悪かった。あんたたちはちゃんと英語を話してる。独特の発音で、何処《どこ》の訛《なま》りかはさっぱり判《わか》らないけどね。ボストンかトレントンのような気もするが、時計を持ったおかしな兎《うさぎ》みたいにも聞こえるね」

「英語だって!?　そんな馬鹿《ばか》な！　お婆《ばあ》さ……じゃない、すいませんミス……いやミズ、ベネラ、かな。おれはアイキャントスピークイングリッシュですよ」

しまった、意識すると教科書の例文みたいになってしまう。中学校で英語を話せない英語教師に習ったのだから、もしも通じているとしたらそれ自体が奇跡《きせき》だ。自分では気付いていないけれども、コレは林檎《アポー》デースとか言っているのだろうか。

老女は皺《しわ》の浮《う》いた両腕《りょううで》を腰《こし》に当てて、こちらの困惑《こんわく》を豪快《ごうかい》に笑い飛ばした。

「礼儀《れいぎ》正しい少年だね。言ったろう？　そう気を遣《つか》ってくれなくてもいいよ。いくら元気だったとはいえ、この国に来たとき既《すで》に六十を過ぎてたんだ。今じゃ女に見えるかどうかだって怪《あや》しいもんさ」

口振《くちぶ》りからすると彼女は土地生まれの神族ではなく、何処か異なる場所からやって来たらしい。瞳の色から判断して、確かに生粋《きっすい》の神族とは言い難《がた》い。

「それにしても坊《ぼう》やの喋り方は面白《おもしろ》いね！　子供が習う例文みたいなお堅《かた》い単語と、その辺の若いのが使いそうな言葉が混ざってる。まるでマザーグースとソープオペラを同時に聞いているようだ」

「あなたの話も実に興味深い」

ずっと黙《だま》っていたウェラー卿《きょう》が、やっと口を開いた。思いのほか深刻そうな声だ。

「ボディーガード、マザーグース、ソープオペラ。こちらには無い単語ばかりだ。ヘイゼル、あなたが何処から来たのかは判っている。だが、どうして此処《ここ》にいるのか教えて欲しい」

「質問していたのはあたしだよ」

彼女は僅《わず》かに顎《あご》を引き、下から睨《ね》め付けるようにコンラッドを見た。すっかり白くなった前《まえ》髪《がみ》の奥で、炎に照らされた赤褐色《せっかっしょく》の瞳が光る。背《せ》丈《たけ》はずっと小さいのに、まるで挑《いど》むようなきつさだ。

「確かにあたしはヘイゼル・グレイブスだが、聖砂《せいさ》国《こく》では一度としてそんな風に名乗っちゃいない。奴隷《どれい》にファミリー・ネームなどないからね。それをどうして異国からのお客が知ってるんだい？　イェルシーがあたしたちを炙《あぶ》り出そうとして差し向けたにしたって、こんな奇妙な話はないじゃないか」

小屋中を照らす火の中で、短くなった薪《まき》が爆《は》ぜた。破裂音《はれつおん》と共に火の粉が跳《は》ねる。

「あんたは何者だい、この坊やの護衛というだけではなさそうだね」

「気安く指差すんじゃねぇよ」

ヘイゼルがおれに人差し指を向けた途端《とたん》に、それまで口を噤《つぐ》んだきりだったヨザックが短く言った。聖砂国では通じるはずのない共通語だったが、威嚇《いかく》には充分《じゅうぶん》だったらしい。彼女はすぐに手を下ろし、発言者の顔をじっと見た。

「ウェラー卿とどういう縁《えん》かは知ったことじゃないが、たかだか一介《いっかい》の奴隷風情《ふぜい》が、うちの陛下に礼を尽《つ》くさないのは許し難いね」

「ヨザック！　この人は助けてくれたんだぞ。そういう言い方はよせよっ」

慌《あわ》てて窘《たしな》めるおれに、お庭番は面白くなさそうな様子で言い訳をする。

「だってそうでしょう坊《ぼっ》ちゃん。いくら逃《に》がしてくれたといったって、相手は肥車牽《こえぐるまひ》いてた婆さんですよ。跪《ひざまず》いて足をお舐《な》めとまでは言わないけど、指差し確認なんて陛下に対して遠慮《えんりょ》がなさ過ぎじゃなぁい？」

ちょっとグリ江《え》が入っている。

逆にヘイゼル・グレイブスは、面白がるような笑《え》みを浮かべ、言葉の通じるコンラッドに言った。どうやら怒《おこ》っているのはニュアンスで伝わったらしい。

「ご立腹だね」

「彼は憤慨《ふんがい》しているんです。自分の主《あるじ》を侮辱《ぶじょく》されたとね。陛下御自身は身分などに拘《こだわ》らない開けた御方《おかた》だが、王を持つ臣の心はまた別にある」

背中がむず痒《がゆ》くなるような説明をされて、おれは居心地悪く視線を彷徨《さまよ》わせた。朽《く》ちかけた板がぶつかる壁《かべ》と天井《てんじょう》の境目を眺《なが》めていると、ヘイゼルが今までとは明らかに異なる口調で言った。

「では本当に坊やは魔王《まおう》陛下で、服はバラバラでもあんたたちは眞魔国《しんまこく》の外交使節団なんだね。おっと、もう坊やなんて呼ぶわけにはいかない」

彼女はいきなり片膝《かたひざ》をつき、騎士《きし》がするようにおれの右手を捧《ささ》げ持った。

「陛下」

「うわ、ちょ、ちょっと」

恭《うやうや》しく頭《こうべ》を垂れられて、動転したおれもしゃがみ込む。二人して乙女《おとめ》の祈《いの》りみたいな格好になってしまった。

「数々のご無礼をお詫《わ》びいたします」

「だからー、困るんだって。そういうの苦手なんだって！　陛下でも大魔王でも無印のユーリでも好きに呼んでくれて構わないけど、腫《は》れ物に触《さわ》るような扱《あつか》いだけは勘弁《かんべん》して欲しいんですって」

ヘイゼルは口元を軽く引き上げ、老婦人とは思えない不敵な笑みを作った。右手を握手《あくしゅ》の形に持ち替《か》えて、強く握《にぎ》った。

「宜《よろ》しく、陛下。墓所にはいくつも忍《しの》び込んだけど、現役の王様に会うのは初めてだ」

「墓所に……ヘイゼルサンは墓泥棒《はかどろぼう》なんですか」

「そうだったら子孫に財産のひとつでも遺《のこ》してやれたのに！」

如何《いか》にも残念そうに舌打ちをしてから、戯《ふざ》けた仕種《しぐさ》で口を押さえた。それからゆっくりと立ち上がり、おにーさんたちの名前は？　と訊《き》いた。

「成程《なるほど》、ウェラー卿とグリエ氏。嬉《うれ》しいね、苗字《みょうじ》のある男性と知り合うのは久し振《ぶ》りだ。会談中に何やらひと悶着《もんちゃく》あったらしいね。自ら立ち上がりはしなくとも、協力者は意外な所にもいるから。あんたたちはイェルシー……皇帝《こうてい》に嵌《は》められた、そう解釈《かいしゃく》して構わないのかな」

「違《ちが》う」

自分の発した「NO《違う》」という単語が、予想以上にはっきり響《ひび》いて驚いた。おれは首を横に振り、玉座に収まる若き聖砂国皇帝イェルシーと、その隣《となり》に寄り添《そ》う双子《ふたご》の兄を思い描《えが》いた。ほんの数時間前の出来事なのに、思い出そうとすると頭が強く痺《しび》れる。

「イェルシーに嵌められたわけじゃない。おれは……おれたちはサラに……イェルシーの兄のサラレギーに騙《だま》されたんだ。まさか兄弟だなんて思いもしなかった」

あれだけ親しげだったサラレギーの態度が、最初から全《すべ》て嘘《うそ》だったなんて思いもしなかったのだ。

「神族は双子が多いんだ。気付くまであたしも半年はかかった。さっき会った男がどうしてまたこっちにいるんだろう、ひょっとして恐《おそ》ろしく足が速いんだろうかってな具合にね。それにしても小シマロンの王が、ここの皇帝と双子だなんて、誰一人想像しなかったろうね！」

ヘイゼルは同情を見せて頷《うなず》き、質問を続けた。

「しかし何故《なぜ》あんたたち魔王陛下御一行様が、こんな少人数で聖砂国まで渡《わた》ってくることになったんだい？　あたしの勘違《かんちが》いだろうか。出島でも宮殿《きゅうでん》でも殆《ほとん》どが小シマロンの人間で、上陸した魔族は二人か三人だけと聞いたんだが」

「それを話す前に、そちらの素性《すじょう》も明らかにしてもらわないと」

ウェラー卿が会話に割り込む。彼の言うとおりだ。冷静な人がいてくれて助かった。

「ヘイゼル・グレイブスに対する疑問は尽きない。けれどあなたが別の名も持つというのなら、我々はベネラに対しても尋ねることが山程ある」

「そうだ、ベネラだ、ベネラさんだよ！　奥さんが……うーん、マダームがベネラさんなら、おれたちが捜《さが》してたのはあなただということになる。教えてくれ、ジェイソンとフレディって女の子を知らないかな。何処にいるだろう、手紙を受け取ったんだ」

幼いうちに離《はな》れた懐《なつ》かしい故郷へ、望んで還《かえ》ったはずだった。姉妹二人聖砂国で、幸せに暮らすはずだった。なのにおれの手に届いた手紙からは、幸福など一行も読みとれなかった。必要のない謝罪の後に、読みとれたのはこれだけだ。

ベネラ、希望、助ける。

「なあ教えてくれ、おれは一体あんたを何から助けたらいいんだ？　あの子達はどんな目に遭《あ》ってるんだ!?　なあヘイゼルさん、あんたがベネラだっていうんなら……」

おれがヘイゼルの腕《うで》を摑《つか》むのとほぼ同時に、遠くで数頭の犬が吼《ほ》えた。追っ手に嗅《か》ぎつけられたのだろうか。

「長くなりそうかい？」

返事を待たずに踵《きびす》を返し、小屋の奥へと続く扉《とびら》に手を掛《か》けた。

「なら、場所を移そう」

取っ手を掴むと木の屑《くず》がボロボロと落ちる。今にも分解しそうなそれを強引《ごういん》に引き開けると、その先には一メートル四方の小部屋があった。

……小部屋というかウォークインできないクローゼットというか、床板《ゆかいた》の中央に四角く切られた穴を見る限りでは……。

「トイレ？」

ヘイゼルは床板を数枚外している。

「し、しかも汲《く》み取り式……」

通称《つうしよう》・ボットン便所。祖父の田舎《いなか》でしか見たことがない。当然もう現役ではなかった。

「大丈夫《だいじようぶ》だ、気に病《や》むことはないよ。トイレとしては使われてないから。さあ！」

片手に板を抱《かか》えたままで手招きをする。コンラッドが先に潜《もぐ》り、ヨザックがおれの肘《ひじ》を押した。犬の声が急速に近付いてきたからだ。

穴の下には細い梯子《はしご》が繋《つな》がっていたが、入口同様に狭《せま》い空間だった。肩幅《かたはば》の広い大人なら、両脇《りようわき》の壁で二の腕を擦《こす》ってしまうだろう。

「トイレからの移動にはあまりいい思い出がないんだよなぁ……ねえここ本当にトイレとして

は使われてないんですよね」

内側から床板を戻《もど》していたヘイゼルが、振《ふ》り返りもせずに答える。

「ごく稀《まれ》に迷い込んできた番兵が、本物と間違《まちが》えて用を足すことがあるだけだよ」

肩幅の広いお庭番に、通訳してやるべきか迷った。

2

夜の日本観光 with 錦鯉《にしきごい》。

二十人用のパーティールームを借り切り、ソファーの中央で渋谷《しぶや》勝利《しょうり》はふんぞり返っていた。自らに課された務めを多少なりとも果たしたので、連れに対して威張《いば》っているのだ。

ファーストクラス専用ラウンジで運悪く出会ってしまったアビゲイル・グレイブスを、日本人お得意の技《わざ》で接待しておいてくれとボブに頼《たの》まれたのは、ほんの数時間前だった。そんなことしてられっかと突《つ》っぱねて、アビゲイルを一人でチェックインさせようとしたのだが、本人に全くその気がなかったらしい。ホテルのフロントまで連れて行っても、ニコニコとこちらを窺《うかが》うばかりだ。朱《しゅ》に近い赤に金糸で魚の刺繍《ししゅう》という、今どき夫婦漫才師《めおとまんざいし》でも着ないような着物姿のチアリーダーを連れて、勝利はやむなく夜の街を彷徨《さまよ》った。

しかしその時にはまさか、彼女が漫喫《まんきつ》に行きたがるとは思いも寄らなかったのだ。二十四時間営業の看板を見つけると、アビゲイルは嬉々《きき》として勝利の腕を引いた。

深夜の漫画喫茶 with 錦鯉。

そこでさんざん日本の漫画を読み倒《たお》してからこれまた終夜営業のカラオケボックスに移動し、

やっと通じた携帯《けいたい》で、ご利用カーニバルの打上げ中だったボブを捉《つか》まえ、「錦鯉を放流するぞ」と半ば脅《おど》すようにして呼び出した。漫画喫茶からカラオケボックス……はとバスのツアーには組み込まれていないが、ある意味非常に日本的な観光コースだ。

そして現在、アビーことアビゲイル・グレイブスは、新たに加わった謎《なぞ》の男、ホセ・ロドリゲスと順番を取り合うようにして、バーコードリーダー片手に曲名を探している。

渋谷勝利は鼻息荒《あら》く、斜《なな》め前に座る二人組に言った。

「俺はしたぞ。俺はちゃんとこのアメリカン・ゲイシャガールをお持て成ししたからな」

ボブはウーロンハイのグラスを傾《かたむ》け、村田《むらた》健《けん》はカレーのスプーンを持つ手を止めた。そののんびりした様子に腹が立つ。弟が行方《ゆくえ》不明だってのに、呑気《のんき》にカレーなんぞ食ってる場合か。

ボブと村田が羽田から連れて来た男というのも、のんびりを絵に描いたような人物だった。アニメーション満載《まんさい》の画面を見ながら、何故かアニメじゃない！と歌っている。小指どころか親指まで立ってるし。

「で？誰《だれ》だ、あの役に立ちそうにない男は」

それどころかトラブルメーカーになりそうだ。

ドクター・ホセ・ロドリゲスと呼ばれた男は、人差し指の長さだけ伸《の》びすぎた黒髪《くろかみ》を、後ろで緩《ゆる》く縛《しば》っていた。だがそれもあまり効果がないらしく、頬《ほお》や額に後れ毛の束が掛かっている。眼鏡《めがね》の奥の細い目は皺《しわ》に囲まれていて、いつでも笑っているみたいだ。病的なまでに痩《や》せてはいるが、だからといって不健康なわけでもない。ただ単に日本人の勝利から見ると胡散臭《うさんくさ》いというだけだ。

遅《おく》れまくった国内便から、怪《あや》しいゴーグルをかけて降り立った彼の第一声は「やあ皆《みな》さん、どうかなー。クワトロ・バジーナモデルだよ」だというのだ。

極端《きょくたん》な大きさのサングラスや、ダースベイダーのヘルメット、レーガン元大統領のゴムマスク等、紛《まぎ》らわしい恰好《かっこう》をすれば即座《そくざ》に事情聴取《ちょうしゅ》！　というのが昨今の空港事情だ。ロドリゲスも危《あや》うく別室に招待されるところを、ボブの凄味《すごみ》でどうやら切り抜《ぬ》けたらしい。

それを聞いた途端《とたん》、勝利は思った。何のドクターだ、アニメ博士《ドクター》か？　アニメ店長の親戚《しんせき》か⁉

「あー、ロドリゲスは私の知人で医者なんだが……」

「ほーお、成程《なるほど》ぉ。四回連続TWO‐MIX歌ってる男がね」

少なくともアビゲイルとは気が合うようだ。初対面とは思えぬ意気投合ぶりで、日本のカラオケ文化を堪能《たんのう》している。すっかりアビー&ロディー状態。

「ピリピリするのも判《わか》るけどね」

スプーンを置いた村田健が、溜息《ためいき》混じりに言った。曇《くも》った眼鏡のせいで表情が読めない。

「夜の間は無理なんだよ、友達のお兄さん。一刻も早く渋谷を追い掛けたいって気持ちは僕だって同じだ。けどこちらが夜じゃあ掴めるものも掴めない。ただでさえ難しい移動なんだ、万《ばん》全《ぜん》の条件でチャレンジして、少しでも成功の可能性を高めたいんだよ」

「夜間飛行は無理ね。ふーん。それでムラタケン、具体的なやり方はどうなってんだ」

「具体的な方法?」

「そうだ。昨日は薄汚《うすぎたな》い水に潜ってるだけにしか見えなかったが、あの男が加わったせいでちょっとは変化するんだろ。魔法陣《まほうじん》の角が一個増えたり、呪文《じゅもん》の種類が多くなったり」

弟の友人は眉《まゆ》を顰《ひそ》め、駄目《だめ》だこりゃという仕種《しぐさ》で額を押さえた。

「魔法陣も呪文も使わないよ。行く方法は時と場合によって違《ちが》う。簡潔に説明できるもんじゃない。大体ね、そんなこと訊いてどうするっていうんだ。誰でも行けるわけじゃないってのはボブから聞いただろ」

「そんじょそこらの力じゃ行けないって話だろ?」

メニューを見ていたボブが顔を上げた。人差し指は「きのこ倍増計画スパゲティ」で止まっている。

「何を考えている、ジュニア?」

「何も」

天井《てんじょう》にぶら下がったミラーボールが、レンズの角に反射して鬱陶《うっとう》しい。真夜中の、しかも室内なのにサングラスを外さないボブは、ある意味正しいのかもしれない。

「あんたたちはあんたたちで計画どおりに進めればいい。その代わり俺も勝手にやらせてもらう。理論と方法だけ教えてくれりゃいいんだ。超巨大《ちょうきょだい》なエネルギーってのもこっちで用意する。

別に大したことでもないだろ」

彼はメニューを閉じ、指先で眉間《みけん》を軽く揉《も》んだ。口元の皺が深く刻まれている。

「……きみには無理だと言っただろう、ジュニア」

「紛らわしい呼び方をすんなよ。あんたの息子《むすこ》じゃあるまいし」

「それできみの用意した巨大な力というのは何だ？」

ロドリゲスが全音符《ぜんおんぷ》を歌い上げ、部屋中が電波状の高音に満ちた。勝利はソファーに背を預ける。

「そこは企業《きぎょう》秘密……」

「ボーデン湖なのよー」

医者からマイクを奪《うば》ったアビゲイルが、スツールの上に立ち、振り袖《そで》をひらつかせて歌う。

「ボーデンボーデンボーデンなのよー」

「あっテメ、言うんじゃねえグレイブス！」

突然《とつぜん》テーブルが強く叩《たた》かれ、震動《しんどう》で陶器が嫌《いや》な音を立てた。カレーの皿の上でスプーンが回っている。何だよ弟のオトモダチ、勝利はそう訊《き》きかけて言葉を止めた。

「冗談《じょうだん》じゃない」

ピンクやらブルーやらの光が反射する中でも、村田の顔色が変わったのは見て取れた。先程までとは別人のように冷たい声だ。もしもこの場に有利がいたら、こんな危ないキレ方をする奴《やつ》と付き合うのはやめるように言っていただろう。

「ボーデン湖だって？　ドイツの？　待ちなよ、冗談じゃないよ」

「ドイツじゃねえよ。スイスの……」

「どっちだって同じだ！」

「ムラタ」

ボブが肩《かた》を摑《つか》んで座らせようとするが、彼にしては珍《めずら》しく年相応の激昂《げっこう》を見せ、年長の相手を糾弾《きゅうだん》するのをやめなかった。

「冗談じゃない、あんなもの絶対に使わせるもんか！　あれのエネルギーを利用するくらいなら、ナイアガラでも逆流させたほうがずっとマシだ！　そんな方法しか思いつかないっていうんなら、あんたが何と言おうと向こうには行かせないからなっ」

「お前に決められる筋合いはねーんだよ、弟のお友達。大体なんだ、アレとかアンナモノとか。湖の底に何が沈《しず》んでるっていうんだよ、ええ？」

歌が止まった。アビー&ロディーもスタートボタンを押さないまま固唾《かたず》を呑《の》んでいる。

「ああ、くそっ」

村田は眼鏡を外し、乱暴に髪を掻《か》き回した。らしくない、まったく彼らしくなかった。

「厄介《やっかい》だなっ、説明したって人間の理解の範疇《はんちゅう》を超《こ》えてるしなっ！　とにかく僕等がボーデン湖に沈めた物は……違う、僕じゃない」

「健ちゃん?」

奇妙《きみょう》に優《やさ》しげな声音《こわね》で、ロドリゲスが名前を呼んだ。返事の代わりに右手を挙げてから、村田は深く息を吸う。

「とにかく、あそこにある物は危険だ。迂闊《うかつ》に使わせるわけにはいかない。渋谷を助けに行くどころか」

余った分を長く吐《は》き出す。脈拍《みゃくはく》を平常に戻《もど》そうと努力しているようだった。

「……逆に追い詰《つ》めることになる」

勝利はソファーに腰《こし》を落ち着けたまま、いきりたつ高校生を眺《なが》めていた。組んだ腕《うで》をゆっくりと解《ほど》き、人差し指でフレームの中央を押し上げる。

「ゆーちゃんを追い詰めるだって? 一介《いっかい》のコーコーセーのお前に、何でそんなことが言えるってんだ」

村田の血圧が一気に跳《は》ね上がった。

「解《わか》らない男だな!」

「結構。わからず屋で結構。俺は行く、危険だろうが一人だろうがスイスに行くぜ。まあボブ、あんたのプラチナカードからー、幾許《いくばく》か投資したいっていうのならー、もちろん資金援助《えんじょ》絶賛受付中だけどな」

ご大層な啖呵《たんか》を切っておいて、今更《いまさら》お小遣《こづか》いちょうだいもないもんだ。だが背に腹はかえられない。勝利のカードと手持ちだけでは、往復航空券と宿泊費《しゅくはくひ》がやっとだ。

急に話を振《ふ》られたボブが、怪訝《けげん》そうに同じ単語を繰《く》り返した。

「プラチナ？」

もしかして金でも銀でもなく黒いのだろうか。勝利は噂《うわさ》に聞くブラックカードを想像しかけた。だが世界経済の魔王《まおう》と称《しょう》される男は、ドアの外に運転手が居るのを確認《かくにん》しながら言った。

「私のカードは金属ではなくプラスティック製だよ。それに、あまりカードで買い物はしないんだ。クレジット会社ばかりを儲《もう》けさせてやることもないだろう？」

ボブが耳の横で指を鳴らすと、運転手は即座に部屋に入ってきた。防音されているはずなのに、あんな小さな音を一体どうやって聞き分けたのだろう。ひょっとして彼の指パッチンには、犬笛みたいな特殊《とくしゅ》効果があるのかもしれない。

「……ちょっと待て、ボブ、あんた運転手替えたよな」

彼が日本で使っていたドライバーは、温厚そうな初老の紳士《しんし》だったはずだ。灰色の帽子《ぼうし》を被《かぶ》り、制服をきちんと着た中肉中背の男だった。いつでも白い手袋《てぶくろ》をしていて、車は完璧《かんぺき》に磨《みが》き上げている。確かに引退してもおかしくない歳《とし》だったが、新しい人事はあまりにも斬新《ざんしん》すぎる。

主人の隣《となり》に立った新任のドライバーは、ハンドルよりも別の何かが似合いそうな人物だった。褐色《かっしょく》の肌《はだ》にぱっつんぱっつんの黒レザーパンツ、腰には意味もなく鎖《くさり》がぶら下がっている。短く刈《か》り上げた髪は赤と黄色に染められ、耳どころか唇《くちびる》にまでピアスをしている。見ているだけで痛そう。身長も胸板も驚異的《きょうい》という程《ほど》ではないが、首から肩にかけての筋肉は立派に盛り上がっていた。日本人ではありえない体形だ。

綺麗《きれい》な珈琲《コーヒー》色の中で、眼球と歯の白さが際立《きわだ》っていた。

「最近は何かと物騒《ぶっそう》だからな、ボディガードを兼《か》ねてとある組織から引き抜《ぬ》いたんだ」

実は誰《だれ》よりも物騒な地球の魔王は、男の手にした黒革の手鞄《てかばん》を開かせながら言った。

「カリブの生まれで、名前はフランソワ」

「……フラン……ソワ……」

「……ボンジュール……」

男は見た目を裏切らない渋《しぶ》い声で挨拶《あいさつ》をした。フランス語だ。

「え、ポ・ポ・ポ、ポンジュース？」

都知事候補はフランス語が苦手だった。

「ドライビングテクニックもなかなかだぞ。長距離《ちょうきょり》ドライブの際には言ってくれ、いつでも派遣《はけん》する。大学生はゼミの合宿とかあるのだろう？　ああフランソワ、五百くらい渡《わた》してくれ」

バッグの中身を垣間《かいま》見て一同が顔色を変える。

「ああ心配ない。こう見えて彼は公認会計士なんだよ。フランソワに持たせておけば安心だ。闘《たたか》う会計士といったところかな」

ボブはすかさず注釈《ちゅうしゃく》を入れた。こうなると運転手というより、お財布番だ。

剝《む》き出しの百ドル紙幣《しへい》を何束も渡されて、勝利は思わず取り落とした。煙草《たばこ》の焦《こ》げ痕《あと》の残る床《ゆか》に、真新しい札束が転がる。

「お、おいおいおいおいおい、おーいボブ!? 五百って、五百ドルじゃなくて五百枚ってこと!?」

日本円にして六百万余りだ。

魔王の経済観念はどうなってるんだと、庶民《しょみん》三人は呆《あき》れ返った。第一そんなに現金を握《にぎ》って渡欧《とおう》したら、入国審査《しんさ》で引っ掛《か》かってしまうのではなかろうか。しかしボブは当たり前といった顔で、新任の運転手に金をまとめさせた。

「なーに、これは当座の資金だ。きみの望みを叶《かな》えるためには、これではとても足りないだろうしな。私の現地スタッフを派遣しよう。必要なら何でも言うといい」

「ボブ……！」

抑《おさ》えた声で呟《つぶや》いたのは、大金を前に困惑《こんわく》顔の勝利ではなく、フレームの細い眼鏡《めがね》を外したままの村田だった。

「反対だと思ってたのに」

口元が不自然に引き攣《つ》っている。

なるべく感情を殺すようにしながら、村田は注意深く話し続けた。前の前の記憶《きおく》では、ボブは自分に同調してくれたはずなのに。今になって何故《なぜ》、愚《おろ》かな行為《こうい》に手を貸すのか。

「僕等がどれだけ苦労したか知っているはずだろう。だからこそあれを引き揚《あ》げるのには反対してくれると思っていたのに」

「健ちゃん」

ロドリゲスが笑い皺《じわ》に縁取《ふちど》られた目を細めた。

「……僕等じゃないだろ？」

「そうだった、いやもうそんなことどうでもいい！」

摑んだ眼鏡を投げ捨てそうな勢いで、村田は右腕《みぎうで》を振った。ここには無い何かを指し示すみたいに。

「あれの恐《おそ》ろしさは知っているはずだ。推測だが、例の火災の件もある。この上最後の一つまであちらに戻るようなことになったら……。彼が移動するためだけに、そんなリスクは冒《おか》せない。なにより、渋谷のためにもならない」

しかし男は軽く眉《まゆ》を上げ、子供の悪戯《いたずら》を発見した親のように、肩を竦《すく》めただけだった。

「私に詰め寄られても困る。一旦《いったん》決めたことならば、他人に何を言われようとも実行するだろう。ショーリはそういう男だ。彼が本気なら私が反対する理由はなかろう」

「なんだって!? 反対する理由はない!? あの箱の脅威《きょうい》を考えたら、それだけで充分《じゅうぶん》な理由になるじゃないか。しっかりしてくれボブ、その手段は禁じるって一言命令すれば済む話だ。彼はあんたの後継者《こうけいしゃ》なんだろう？」

「そのとおり、ショーリは私の後継者だ。だからこそきみに指示される謂《い》われはない」

彼はゆっくりと脚《あし》を組み換《か》え、ソファーの肘《ひじ》掛《か》けに腕を置いた。その指先で顎《あご》を支える。ボブと呼ばれる男は親密そうに頬《ほお》を緩《ゆる》めながらも、一欠片《ひとかけら》も笑いを含《ふく》まない声で言った。

「忘れてもらっては困る、ここは私の世界だ。私のものだ。後継者が何を望み何をしようとも、それを私が許容するならば、きみに口出しされる筋合いはない」

「……っ」

「私のものなんだよ、ムラタ」

血液が一気に頭に流れ込み、慣れない感情で身体《からだ》が熱くなった。村田は歯嚙《はが》みし、自分の無力さを痛感した。どんなに過去の記憶を維持《いじ》していようとも、結局自分はまだ未熟な学生で、この脳と身体は十六年の経験しか積んでいないのだ。

生温《なまぬる》い時代に身を置き過ぎたかな。

彼は誰にともなく呟いた。いや、相手が誰なのかは判っている。

有利、僕は生温い時代に身を置き過ぎたかもしれない。

阻害《そがい》と孤独《こどく》と恐怖《きょうふ》の少ない環境《かんきょう》で十六年も生きてきたせいで、頭の中身まですっかり平和になってしまったのかもしれない。例えばこれが村田健ではなくアンリ・レジャンだったら……

或《ある》いはナタン・マルガン、それともとても長く生きたランペドゥーサだったら、もっと聡《さと》く奸《かん》計《けい》に気付けただろうか。

村田は絞《しぼ》り出すような声で言った。手の中で細い金属が軋《きし》み、ギチリと嫌《いや》な音を立てる。

「……押しつけるつもりか」

ボブはただ爪先《つまさき》を揺《ゆ》らしただけだったが、それが終了《しゅうりょう》の合図になった。

残る全員が呪縛《じゅばく》を解かれたように息をつき、勝利はやっとフランソワの差しだす袋《ふくろ》を受け取った。ドアに向かって数歩進んでから、弟の友人に人差《ひとさ》し指《ゆび》を向ける。撃《う》つように。

「残念だったな、村田健」

相手からは負け惜《お》しみめいた言葉しか返ってこない。

「……あんたが行って、何になる」

「じゃあ訊《き》くぜ。お前が行ってどうなるってんだ?」

勝利は情け容赦《ようしゃ》のない一言を叩《たた》き付けた。同情など必要あるまい。

「グレイブス!」

「イェァ」

なんだかやけにアメリカ人っぽい返事に眉を顰《ひそ》めた。時と場所を弁《わきま》えて、美しい発音を心掛《こころが》けて欲しいものだ。

「家族を紹介《しょうかい》しろ」

「オー！　お付き合いの第一歩デスネー。ニポーンジン礼儀《れいぎ》正しーい」

派手な振り袖《そで》姿の少女は、弾《はず》んだ似非《えせ》日本人口調で答えた。天に向かって拳《こぶし》を上げ、絡《から》む裾《すそ》を物ともせずに飛び跳《は》ねる。さすがチアリーダーだ、ジャンプの基本ができている。

「勘違《かんちが》いすんな。両親じゃねーぞ。トレジャーハンターだったっていう曾《ひい》グランマの話だからな」

「オーウこれまた、ショーン・オブ・デッドまずは馬をイエーイ！　ですねー」

「元の格言の欠片《かけら》も残ってねえ」

重い扉《とびら》を閉めると同時に、テーブルに叩きつけられた硝子《ガラス》の砕《くだ》ける軽《かろ》やかな音がした。

おれの脳味噌《のうみそ》にこんな便利機能が付いているのなら、もっと早く教えてくれれば良かったのに。そうすれば少なくともオーラルの授業だけは、英語教師の顔色を窺《うかが》うことなく堂々と受けられたのに。

「驚《おどろ》いたな、おれって英語ペラペラだったんだ」

時々聞き返されることはあったが、ヘイゼルとの会話に支障はなかった。正直、あのカタカナ混じりの中学イングリッシュが、実際に役立つ日が来ようとは思ってもみなかった。義務教育って意外と大事。

しかし問題は、英語を話しているのに気付いた直後から、失われていた記憶が次々と甦《よみがえ》ってしまった点だ。例えば地下鉄の駅名らしき数字、グリ江ちゃんではない怪《あや》しい女装のオネエさん、人魚、喋《しゃべ》るお神籤《みくじ》ボックス、何処《どこ》のチェーン店か判《わか》らないコンビニの制服、アヒル。

「どっか海外の通りの名前とか……なんだこりゃ。兄貴に連れ回されたんだろうか。あ、そんな気がしてきた……あーでも思いだしちゃいけない過去のような……」

「いけない過去?」

3

大人一人がやっと進める幅《はば》の通路で、ヨザックが窮屈《きゅうくつ》そうに振《ふ》り返った。オレンジ色の頭が天井《てんじょう》にぶつかりそうだ。それ以前に手にした松明《たいまつ》が、同じ色の髪《かみ》を焦《こ》がしそうだ。

「誰《だれ》にだって消したい過去はあるものよ、坊《ぼっ》ちゃん。無理にはっきりさせなくても」

「止められるもんなら止めてますってェ」

でもまるでテーブルクロスにグラスを倒《たお》したように、徐々《じょじょ》に広がり染《し》み渡《わた》って行くのだ。これまでは単なる塵《ちり》だった物が、水を吸い込み一つ一つ膨《ふく》らんで、段々と明確な画像になる。

「うひゃーどうしようあのエプロンドレスみたいなのは何だろう、ていうかまさかアレ……」

歩きながら額を押さえるおれを見て、保護者達は少々心配になってきたようだ。

コンラッドは彼らしくない不安そうな声で、おれの額に背後から手を重ねた。

「大丈夫《だいじょうぶ》ですか。どこか痛むようなら、彼女に言って少し休みますか？」

「違《ちが》う違う、痛いっつーより恥《は》ずかし、あイター！　され放題じゃん、ちょっとは拒否《きょひ》しろよ子供の頃《ころ》のおれ！」

ヘイゼルは時折曲がる地下通路のずっと先を歩いている。灯《あか》りと小さな背中しか見えない。

「アーダルベルトのせいかもしれません」

「マッチョが何、どうしたって？」

「こちらの言語を無理やり引き出した時に、記憶《きおく》の箍《たが》が緩んだのかもしれない」

「箍が緩むって……年取って涙《なみだ》もろくなるような感じかな」

「いえ、そうではなく、本来なら歯止めが掛《か》かっているはずの過去まで、甦ってしまう状態です」

「歯止め？」

見上げる要領で首を後ろに反らすと、殊《こと》の外深刻そうな顔に出会う。虹彩《こうさい》に散った銀の星が、炎《ほのお》に照らされて煌《きら》めいていた。こんな距離《きょり》で目にするのは久し振りだ。

「つまりあなたが話していたのは、学校で習った英語だけではなく、幼少時に自然と耳にしていた言葉なのではないかと……」

「ああ、おれってなんちゃって帰国子女だから！　といってもほんの数カ月間、しかも生まれてすぐの赤ん坊《ぼう》だったんですけど」

「聞いてます」

そうしている間にも、身に覚えのない体験は次々と甦ってきていた。ショットガンらしき物、巨乳《きょにゅう》に顔を埋《うず》め……うわストップ、巨乳、だからストップ巻き戻しって！　慌《あわ》てて振り回した右腕は、乾いた土の壁《かべ》にぶつかった。小指の石が黄色い粉を削《けず》り取る。

「気をつけて」

「大丈夫だ。それより歯止めって何だよ、記憶の箍って」

コンラッドはヨザックにも聞こえるように、やや声を高くして続けた。

「俺も専門的に学んだわけではありませんが、多くの人の記憶というのは、二、三歳頃から始まっているものでしょう。それ以前の、生まれて間もない時のことや、胎内《たいない》の状態などは殆《ほとん》どの場合、覚えていない」

「けれど以前にも申し上げたとおり、魂《たましい》は全《すべ》て記録しているんです」

「まあそうだね」

記憶と記録。難しい話になってきた。

「あなたが訪《おとず》れたこともなかった眞魔国の言語を理解できたのは、それが記録され、魂の襞《ひだ》に蓄積《ちくせき》されていたからです。もちろん陛下……ユーリとしてお生まれになる前の経験ですが」

石でも詰《つ》まったような気がして、おれは無理やり喉《のど》を動かした。口の中は渇《かわ》いていて、呑《の》み込む唾《つば》さえなかったが。

「……つまり、前の持ち主の経験値を借りて喋ってるってことだ」

表面上は何の変化も見せずに、コンラッドはゆっくりと頷《うなず》いた。

「そうなります。本来なら表層には浮《う》かんでこないはずの記録です。決して開かない扉の奥深くに、閉《こ》じ込めておくべきものです。新しい所有者の人格形成に、影響《えいきょう》があってはいけませんから」

「影響……まあ、そうかな」

新しい所有者というのは、おれだ。

前の持ち主が誰だったのかは、おれの知ったことではない。

「そんなの知ったこっちゃないですけどねぇ」

心の中の言葉を読まれたのかと、思わず足が止まってしまった。けれどそれはおれの口から発せられたのではなく、ヘイゼルを見失わないように前を向いたままのヨザックが、平素と変わらぬ口調で言ったのだ。

「生まれちまったほうにしてみれば、前世がどうだったかなんて、正直知ったこっちゃありませんやね。今あるものを使って生きていくだけで必死、死ぬまでに使い切るだけで精一杯《せいいっぱい》さ」

「グリ江ちゃんはいいこと言うなあ！　おれが金田一博士だったら、グリ江ちゃん語録を編纂《へんさん》してるよ」

「嬉《うれ》しい、陛下。グリ江感激！」

前世のことを考え始めたら人間お終《しま》いだ。

おれだってそれらしき人物の名を告げられたことはあるが、自分のこの眼で確かめようもない過去なんて、そう簡単に信じられるわけがない。同じ魂を使っていた人が大富豪《だいふごう》であろうとも、現在のおれはしがない庶民《しょみん》の次男坊《じなんぼう》で、高校生兼任《けんにん》の新前魔王《まおう》だ。万が一以前も王様だったとしても、精々お菓子《かし》のホームラン王くらいの規模だろう。世界が狭《せま》い。

ましてや知り合いの女性でしたなんて言われたら、どう反応していいか見当もつかない。次に会ったときどんな挨拶《あいさつ》をすればいいんだ。部長そのネクタイ素敵《すてき》、とか？　部長じゃないしネクタイしてないし。

胸に戻《もど》った魔石が熱を増すようだが、敢《あ》えて気付かぬふりをする。やっぱり、知らない顔をして生きていくのが一番だ。

そう結論づけたおれを裏切るように、ヨザックが呑気《のんき》な口を開いた。

「けど、周囲の者は困るでしょうねえ」

照らし損ねた足元の小石に躓《つまず》く。

「昨日まで友人だった相手が実は敵だと判ったり、可愛《かわい》い息子《むすこ》が親の仇《かたき》の生まれ変わりだと知ったりしたら、そりゃあ困る、困惑《こんわく》しますよ」

「……だから封印《ふういん》されるんだ」

額に載《の》っていたコンラッドの掌《てのひら》が、不意に冷たくなった気がする。

「周囲にも本人にも悟《さと》られないように、魂の奥底に、厳重に鍵《かぎ》を掛けて封印するんだ。だがアーダルベルトはそれを破り、陛下のものではない記憶を引き出した。言語だけならと、そう危急にとりもしなかったが、あの時に箍《ゆる》が緩んだとなると……」

「待ってくれ、待ってくれよ」

彼の手を振り解《ほど》き、おれは靴《くつ》の踵《かかと》を軋《きし》ませて向きを変えた。

「赤ん坊の頃に見聞きした光景を思い出しただけだよ。三歳児くらいとかな。そんなのご近所でちょっと評判のエリート幼稚園児《ようちえんじ》なら、単なる食卓《しょくたく》の話題になる話だろ？　ぼくママのお腹《なか》の中に居た頃のことも覚えてるよーってさ。それを何だよコンラッド、大袈裟《おおげさ》だよ大袈裟。考え過ぎ、心配し過ぎなんだって」

「そうでしょうか」

「そうだ」

指輪の無い方で拳《こぶし》を作り、制服の胸を軽く突《つ》いた。とん、と小さな衝撃《しょうげき》が返ってくる。彼の鼓動《こどう》を摑《つか》んだ気がした。

「心配するのはギュンターの仕事だろ」

「でも、したいんです……させてください」

恐《おそ》らく炎の揺《ゆ》らめきのせいだろう。泣きそうな眼《め》をしていた。おれではなく、彼が。

「今だけでも」

その瞬間《しゅんかん》おれの中には、十六にもなった野郎《やろう》に言う台詞《せりふ》じゃないだろうとか、城の連中にも囁《ささや》かれてるけど、あんたとギュンターは過保護すぎるとか、幾《いく》らでも言い返す言葉があった。けれど結局は何一つ口答えできずに、ただ在り来たりの短い返事を繰《く》り返しただけだった。

「大丈夫《だいじょうぶ》だ」

もう一度、大丈夫だよと。

だから陽気なお庭番の入れてくれた茶々が、これほど有り難かったことはない。何事も面白《おもしろ》がるのが習慣であるヨザックは、ファイヤーダンスよろしく顔の横で松明を振《ふ》り回した。掛ける言葉に迷わなくて済むように。

「危ないだろグリ江ちゃん⁉」

「よかったー、グリ江のことも心配してくれて」

「いやどっちかっていうと灯《あか》りの心配を……」

呼ばれたような気がして肩越《かたご》しに先方を見遣《みや》ると、すっかり遠くなってしまったヘイゼル・グレイブスが声を張り上げていた。

「ボーイズ、脚《あし》がお留守のようだよ！」

コンラッドに向かってボーイズはないだろう、と英語解《わか》る組は肩《かた》を竦《すく》める。見た目と実年齢《じつねんれい》の差を知ったら、彼女だって相当驚《おどろ》くだろうな。


ところが実年齢を聞いて素《す》っ頓狂《とんきょう》な声を上げてしまったのは、ヘイゼルではなくおれのほうだった。

「そんなに⁉」

彼女の言葉を信じるならば、余裕《よゆう》で百二十歳は過ぎているそうだ。ご婦人に年齢《ねんれい》を訊《き》くのは失礼とか、そういうレベルを超《こ》えている。とはいえ外見は七十そこそこだから、魔族の歳《とし》の取り方とも異なっていた。

それにしてもコンラッド、ヨザックも加えて、百歳オーバー三人組に囲まれていると、最近の高齢者《こうれいしゃ》の皆《みな》さんは元気だよなと実感してしまう。毒蝮三太夫《どくまむしさんだゆう》になった気分だ。

「ということは神族も、魔族同様ご長寿《ちょうじゅ》種族なんだね」

「いや、確かに百五十くらいまでは生きるようだが、あんたたちみたいに老化が遅《おそ》いとは聞かないね。百を超えれば身体《からだ》にガタがくるし、病《や》んで寝《ね》たきりになる者も多い」

そう言いつつもベネラことヘイゼルは、大きな溝《みぞ》をひょいと跳《と》び越《こ》えた。身体にガタがくる？　誰《だれ》の話だ。

「騙《だま》し騙しやってきたけれど、あたしもそろそろ限界が近付いてきたようだしね。もっともあたしはここの世界の者じゃないから、時間が肉体に及《およ》ぼす影響にも、多少は差があるんだろうけど」

「ちょっと待った、聞き捨てならないな。ここの世界の人じゃない？　それどういうことですか、まさかヘイゼルさんもおれと同じ……」

「その件に関しては、ウェラー氏が詳《くわ》しいと思うけど」

明かりを受けた顔の半分だけで笑い、壁《かべ》の数箇《かしょ》所に手を這《は》わす。突起《とっき》か何かを探しているようだ。

「あたしは何十年も前に死んだんだよ。地球の、合衆国……アメリカという所でね」

「アメリカ⁉」

「……一九三六年、ボストン郊外《こうがい》であなたは行方《ゆくえ》不明になった」

七十年も前だよという驚きが、思わず口をついて出てしまった。老婦人の所作を見守っていたコンラッドが続けた。

「移築した邸宅《ていたく》の焼失と共に」

「そうだよ、焼け死んだはずなんだ。なのにあたしはこうしてピンピンしている。どうしてなんだろうね。来た当初は此処《ここ》は死後の世界なのかと思ったよ。けれど天国にしちゃあ過酷《かこく》な環《かん》境《きょう》だ。だから生前あまり善行を積んだともいえないせいで、天国の門が開かなかったのだろうとね」

「違《ちが》う違う、地獄《じごく》でも極楽《ごくらく》でもないんだよそれが」

おれだけが慌《あわ》てて否定する。冗談《じょうだん》じゃない、グレイブス説が通ってしまえば、自分も死んでいることになる。おれは何度も往復しているし、今のところ日本でも消息不明にはなっていない。

「ああもちろん、此処が死後の世界じゃないことくらい今は知っているよ。けれど故郷ではあたしの葬儀《そうぎ》も済んだろうし、ささやかながら墓も立ててくれただろう。ヘイゼル・グレイブスはもう死んでいるんだよ。禁忌《きんき》を破ってあれに触《ふ》れ、あの青い炎《ほのお》に包まれた瞬間にね」

「そう、あなたは箱の蓋《ふた》を開けた。そしてその衝撃でこちらへと飛ばされてきたんだ」

「コンラッド！」

会話を遮《さえぎ》ると同時に、鈍《にぶ》い音を立てて壁がスライドした。注意してみると扉《とびら》は分厚い石の板で、横に転がせるように巨大《きょだい》な円になっていた。けれど今は地下道の仕組みに感心している場合ではない。

「箱って言ったか？」

緊張《きんちょう》で指先が冷たくなる。

「今、箱って言ったよな。それはおれたちが散々苦労させられている、例の四つの箱のことか？　それが……」

氷でも呑《の》み込むみたいに喉《のど》が痛んだ。

「ここに？」

「この場所ではないよ」

ヘイゼル・グレイブスはおれの表情を確かめながら、石壁《いしかべ》の向こうに半歩だけ踏《ふ》み込んだ。

「もっとずっと北だ、この大陸の端《はし》さ。神族の土地は広大だ」

人を検分する眼だ。空港の探知器を通らされるような、不快な気分にさせられる。

「こちらの世界に来てからは、不幸にして海を越えたことはない。だから他国と比べることはできないが、生前のあたしの距離《きょり》感から察するに、豪州《ごうしゅう》くらいの大きさはあるだろうね」

でも羊はいないよと付け加えて、ヘイゼルは笑った。

「その名のとおりさ、聖砂国。風と砂ばかりで緑地どころか草木も碌《ろく》にない」

「詳しいんだね、神族でもないのに」

「何年居ると思っているんだい？　坊《ぼう》……さっき陛下が図《はか》らずも口にしただろう。七十年だよ。七十年も同じ国で過ごせば、此処で生まれた子供よりは物知りにもなるさ」

彼女は小さな石室に我々を招き入れ、壁の油に松明《たいまつ》の火を近付けた。途端《とたん》に六箇所へと炎が移り、部屋は昼間のように明るくなる。四方の壁は燃えるように真っ赤だ。

それは単に赤く塗《ぬ》り潰《つぶ》してあるわけではなく、深紅《しんく》の塗料《とりょう》を使った壁画《へきが》だった。精密な模様の所々に、人物や家畜《かちく》や、神と思《おぼ》しき姿が描《えが》かれている。流れたての血にも似たただ一色で、二十畳程《じょうほど》の部屋を埋《う》め尽《つ》くしていた。壮観《そうかん》だ。

「へーえ」

あまり芸術に興味のなさそうなヨザックでさえ、思わず感嘆《かんたん》の声を上げたくらいだ。

「ここは……礼拝所か何か……？」

「今は単なる集会所さ。もっとも二百年以上前には、入口として重要な意味を持っていたらしいけれどね。いいかい、予《あらかじ》め教えておく」

ヘイゼルは最奥の壁を叩《たた》いた。何故《なぜ》か視線は英語の通じるコンラッドではなく、おれに向いている。

「この部屋の壁はそれぞれ通路に繋《つな》がっている。けれど決してこの先には行っちゃいけない。この先は迷宮だ。昔は人の住む地下都市だったが、二百年前に最後の住人達が引摺《ひきず》り出されてからは、ずっと放置されたままだ。七十年前にあたしが通った時でさえ、闇《やみ》ばかりで頼《たよ》る光もなかった。いいかい、死にたくなかったらこの壁は越えちゃいけない。よほど強い守護天使でも持たない限り、この先の迷宮で生き延びるのは不可能だ」

「でもヘイゼルさんは通り抜《ぬ》けたんだ」

「完全に抜けたわけじゃないよ」

彼女は埃《ほこり》にまみれた白髪頭《しらがあたま》を振り、乾《かわ》いた土の上に腰《こし》をおろした。先程までの壮健《そうけん》さはなく、そこに居るのは疲《つか》れ切った小柄《こがら》な老女だった。不思議なことに座る姿に当てて、がっくりと項垂《うなだ》れている。

……親指と人差し指を額に当てて、がっくりと項垂れている。

「……あたしだって端《はし》から端まで通り抜けたわけじゃない。そんなことが可能なもんか。地上の騎馬《きば》民族から身を隠《かく》すために、途中《とちゅう》の抜け穴《あな》から入って少し歩いただけさ。その僅《わず》かな距離《きょり》でさえ、気が狂《くる》いそうになった。信じられるかい、数え切れない廃墟《はいきょ》を荒《あ》らし、幾《いく》つもの墓所に侵入《しんにゅう》したあたしがだよ」

まるで自分自身に言い聞かせるみたいに、ヘイゼルは迷宮の恐怖《きょうふ》を言い募《つの》った。

「銃弾《じゅうだん》の飛び交《か》う中を掻潜《かいくぐ》ったことも、密林で獣《けもの》と対峙《たいじ》したこともある。洞窟《どうくつ》を手探《てさぐ》りで進んだことも、海底の沈没船《ちんぼつせん》に閉じ込められかけたことだってあるんだ。けれどあれは……あの闇はそんなものじゃなかった。地球上で狩《か》りをするのとは違う、全く違うんだ」

言葉が通じていないはずなのに、ヨザックも口を挟《はさ》まない。何の話なのか雰囲気《ふんいき》で察しているのだろう。

「三百年程前までは地下都市には人が住み、地上程ではないがそれなりに栄えていたと聞いている。住人は奴隷《どれい》の中でも最も身分の低い、地上での生活を許されなかった者達ばかりだったが、少なくとも闇はなかった。灯《ひ》が点《とも》され、通路は暗黒の迷宮ではなかった。ところがある時代に、当時の聖砂国君主が、地中で生活する奴隷達の全《すべ》てを地上に引摺り出したらしい。その暴君が住人達をどうしたのかは聞いていないし聞きたくもないが、それ以来此処は神の御《ご》加護の及ばぬ場所になった。あたし自身、迷宮を彷徨《さまよ》ったときは、神に見放されたと思ったものだよ……」

声の低さは呟《つぶや》きに近い。

「……あれは神のお作りになった禁忌の箱で、欲望に駆《か》られ手を掛《か》けたから、自分は罰《ばっ》せられているのだと……」

「そんなことはないよ、ヘイゼル」

思わぬ言葉が口をついて出た。

老婦人は顔を上げた。おれの目を真っ向から見据《みす》えてくる。

「神は関係ない」

「何故？」

おれは立ったまま、足の裏をしっかりと地面に着けたままで、彼女の榛色《はしばみいろ》の瞳《ひとみ》を見下ろして言った。壁画の獣が襲《おそ》いかかってきそうに感じたが、それは単なる炎のまやかしだ。

「神様は関係ない。あれは大昔に暴れ回った脅威《きょうい》の存在を封《ふう》じ込《こ》めるために、魔族《まぞく》が作って隠した物だ。おれもあなたも生まれるずっと前の話だ。そうだよな、ウェラー卿《きょう》」

後ろでコンラッドが頷《うなず》く気配があった。

「だからあなたが箱のせいで不運な目に遭《あ》ったとしても、それは決して神罰《しんばつ》じゃない。あなたの信じる神様は、あなたを見捨てたりしないよ。ただおれには……気の毒だったと言うことしかできないけど……」

ヘイゼル・グレイブスはおれと背後のウェラー卿を見上げ、暫《しばら》く黙《だま》り込んでいたが、やがてほんの僅かに唇《くちびる》を開き、細い声で聞き覚えのある旋律《せんりつ》を歌い始めた。言葉は掠《かす》れ、歌詞は聴《き》き取れなかったが、それは確かに宮殿《きゅうでん》の前で、子供が歌っていた曲だった。

「なんの……」

問いの中程で肩《かた》を押さえられ、先を訊《き》けない。横を向くとコンラッドが目を細め、口にはださずに判《わか》ったと告げた。何の曲か思い出したのだろう。

動きもせず黙って待っていると、ヘイゼルは不意に歌うのをやめた。隠れて泣いたのを見つかった子供みたいな顔をする。

「あたしの葬式《そうしき》のときに、一人でも歌ってくれていればいいんだけど」

「その曲だったかは知らないが」

コンラッドは一歩進み、座り込んだままのヘイゼルに左手を差し出した。あの左腕《ひだりうで》を。

「あなたの葬儀には多くの友が出席し、歌い、嘆《なげ》き、死を悼《いた》んだと聞きました。遠方にあって縁《えん》の遠かった者達も、それを切《き》っ掛けに旧交を温めた。ご息女とその夫君もご立派な態度で、故人を想《おも》うにはとても良い式だったそうです」

「よかった、喜ばしい。けど妙《みょう》な気分だね、自分の葬式の様子を異国の地で聞くなんて」

「そして後継者《こうけいしゃ》であるエイプリルは、あなたの望むとおりの人物になった」

立ち上がりかけていたヘイゼルは、突然《とつぜん》険しい表情で動きを止めた。おれの知らない名前だが、彼女にとっては娘《むすめ》か孫なのだろう。

「エイプリルが……」

「彼女はあなたが消えた二年後に、偶然《ぐうぜん》『箱』に関《かか》わった。あなたと同じようにね」

耳を疑った。本来四つある「箱」の内、幾つがこちらにあって幾つが地球にあったんだ⁉

いやそれ以前に、何でこの世界の脅威である物が、地球に存在したのだろう。聞いているだけの身がもどかしいが、ヘイゼルの必死の表情には、魔族側の疑問を差し挟む余地は無さそうだった。

「まさかあの子が、あの子があたしと同じ目に⁉」

「いいえ」

ウェラー卿はその左手でしっかりと、ヘイゼルの皺《しわ》じみた細い指を摑《つか》んだ。

「彼女は友人達と……ご存知でしょう、あなたの友だ。レジャンとDTと言っていました。エイプリルは彼等の力を借りて、箱を深い水底に沈《しず》めた。禁忌《きんき》に触《ふ》れることなく。ドイツ軍の目を欺《あざむ》いてね」

老女の顔が安堵《あんど》に綻《ほころ》んだ。目尻《めじり》と口元の皺が深くなる。

「俺はエイプリル・グレイブスに会いました。あなたのことを誇《ほこ》りに思うと言っていた」

「そう……」

コンラッドはまるで自身の祖母を慈《いつく》しむような笑《え》みで、あなたにそっくりだと言った。

「ありがとう、何よりの報《しら》せよ」

そして今度こそ本当に彼女は泣いた。

ヘイゼル・グレイブスはコンラッドの手を握《にぎ》り、乾いた頬《ほお》に涙《なみだ》を流した。

彼女の時間はやっと繋がったのだ。

4

赤い部屋はヘイゼルの言葉どおり、ある種の集合場所として使用されていた。

「言ったろう、聖砂国の民《たみ》は地下には神の力が及《およ》ばないと固く信じている。今はそれを逆手にとって、談合場所として使っているのさ。兵士達も滅多《めった》なことがなければ踏《ふ》み込もうとしない。不吉《ふきつ》だからね。皇帝《こうてい》に刃向《はむ》かう者達にとっては、絶好の隠《かく》れ家《が》というわけだ」

おれたちが彼女の七十年間を聞いている間にも、幾人《いくにん》かの神族が入ってきてはそこ此処《ここ》に居場所を見つけて残っていった。いずれも服装は質素を過ぎて見窄《みすぼ》らしく、この寒い土地にありながら裸足《はだし》に近いサンダル履《ば》きであったり、薄《うす》い上着だけで震《ふる》えていたりした。幸い地上に比べて地下は暖かく、この部屋には灯《あか》り代わりの火もある。夜の中を走るよりは快適だろう。

ごく稀《まれ》に簡易な食糧《しょくりょう》らしき袋《ふくろ》を抱《かか》えた者や、質の悪そうな紙筒《かみづつ》を手にした者もいた。地図か見取り図だろうか。

石戸の脇《わき》に腕組みをしたヨザックが陣取《じんど》っていたので、訪《おとず》れる人達は皆《みな》ぎょっとして数歩後《あと》退《ずさ》る。それでも襲《おそ》い掛《か》かってきたりしないあたり、聖砂国の奴隷《どれい》階級の人々は、みな大人しい印象を受けた。船旅中にも思ったことだが、彼等には基本的に闘争心《とうそうしん》というものが欠けているのかもしれない。

それが長所なのか短所なのかは、一概《いちがい》には言えないけれど。

中には噂《うわさ》に聞く黒髪《くろかみ》の一行が何故《なぜ》ここに居るのかと詰《つ》め寄る者もあったが、それもヘイゼルに短く一喝《いっかつ》されると、食い下がることもなく頷《うなず》いた。

どうやらヘイゼル・グレイブスは年長者というだけではなく、この集団のリーダー的存在でもあるらしい。

しかし室内の人数が五人増えたところで、おれは自分から彼女に提案した。流石《さすが》に居づらくなってきたのだ。

「あのー、もしかしておれたち自己紹介《しょうかい》とかしたほうがいい？」

視線が痛い。もっともだ、自分達のリーダーが見知らぬ異国人を連れ込んでいたら、誰《だれ》だって不審《ふしん》に思う。それも相手は服装こそバラバラだが、皇帝イェルシーと会談予定だった魔族《まぞく》の使節団だ。まあそこまで事情通の人物がいるかどうかは判らないが、少なくとも未知の言語で話し込んでいるだけでも、人々の不安は募《つの》るだろう。

「だってこの人達から見たら、おれたち充分怪《じゅうぶんあや》しいだろ。髪も眼《め》もあり得ないコントラストだし、未知の言語で喋《しゃべ》ってるわけだし」

「陛下はあたしの客人だ。怪しむ者などいないはずだよ。全員が揃《そろ》ったら紹介しようと思っていたが……けれど正直なところ、どう説明したものかあたし自身も迷っているんだ」

加齢《かれい》のせいで眉間《みけん》に寄った皺《しわ》をいっそう深くして、ヘイゼルは口籠《くちご》もった。

「敵ではないと判《わか》っていても、味方と言い切るだけの条件も揃っていない。何しろあたしには、まだあんたたちの目的が見えてきていないんだからね」

「目的……」

金色の視線とヘイゼルの赤褐色《せっかっしょく》の瞳《ひとみ》に曝《さら》されて、おれは言葉に詰まった。

この旅の目的は幾つもあり、それが複雑に絡《から》み合い過ぎて簡潔には説明できない。それにサラレギー・イェルシー兄弟との会談の模様をどこまで明らかにしたものかの判断も難しい。それ以前に彼等が兄弟だったことさえ、ヘイゼルはともかく国民の皆さんには知られていないのではなかろうか。

「我々の渡航《とこう》目的は、聖砂国と小シマロンの国交回復の行方《ゆくえ》を見届けることだ。但《ただ》しあくまでも第三者的立場として立ち会う予定で、両者の折衝《せっしょう》に口を挟《はさ》む意図はなかった」

ウェラー卿《きょう》の言い方は、眞魔国側に立っても、逆に大シマロンの使者として捉《とら》えても問題がなかった。

「だが会談中に想定外のアクシデントがあり、小シマロン国主サラレギーを残して退席を余儀《よぎ》なくされた」

「成程《なるほど》、アクシデントね」

ヘイゼルは皹《ひび》割れた爪《つめ》で顎《あご》を撫《な》でた。

「しかしかなり際《きわ》どい状態での退席だったようだ。あまり平和的なオブザーバーではなかったのかな。まあいい、別に身分を疑っているわけじゃないんだ。ただあたしはあんたたちも小シマロン王も、国交回復なんていう可愛《かわい》いものではなく、もっと質《たち》の悪い目的があったんじゃないかと危《あや》ぶんでいるんだよ。例えば……」

石戸が引かれて、彼女はちらりとそちらに目をやった。旧知の相手だったらしく、片手を挙げるだけで済ます。

「兵器として利用価値の高そうな品の探索《たんさく》とかね」

おれは拳《こぶし》をぎゅっと握《にぎ》り締《し》めた。掌《てのひら》に温《ぬる》い汗《あせ》をかいている。

「……箱のことを言ってるんだな」

「だって陛下は魔族の王で、あの厄介《やっかい》な箱は魔族が作った物だと言ったろう？　だったらそれを取り戻《もど》しに来てもおかしくはない。うっかり異世界に飛ばされてしまう素人《しろうと》よりずっと、使い方も心得ているはずだ」

だったらいいんだけどね。

胸の内だけで溜息《ためいき》をつき、おれは意識して硬《かた》い声をつくった。サラレギー、イェルシーとの巨頭《きよとう》対談をキャンセルしたと思ったら、今度はご当地の影《かげ》の実力者、ベネラことヘイゼル・グレイブスとの真剣《しんけん》対決だ。こう腹の探《さぐ》り合いや駆《か》け引きの連続では、気の休まる暇《ひま》がない。

おれが身に着けた駆け引きなんて、無意味な呟《つぶや》きで打者を惑《まど》わすことくらいだというのに。

「信じてもらえるかどうか判らないけど、正直に言おう。おれたちは……少なくともおれは、箱を奪いに来たわけじゃない。そもそもあれがこの大陸にあるなんて、我々は予想もしていなかったんだ。それに」

コンラッドを見上げると、抑揚《よくよう》のない調子で『凍土《とうど》の劫火《ごうか》』でしょう、と教えてくれた。そう、箱の名前は『風の終わり』『地の果て』そして今日、在処《ありか》を知ったばかりの『凍土の劫火』。

「おれは『凍土の劫火』を兵器として利用しようなんて、考えたこともない」

「その言葉を鵜《う》呑《の》みにしていいものかどうか」

「会ったばかりの人物を急に信用できっこないのは判ってる。でも我々魔族は、強大な力を封《ふう》じ込《こ》めるためにあれを作ったんだ。決して他《ほか》の国や他の民族に行使するためじゃない。いま箱の在処を知っても、本音を言えばそのままそっとしておきたいくらいさ。誰にも悪用されない確約があるならね。大シマロンとか、小シマロンの……」

喉《のど》が鳴った。少年王の犯《おか》した行為《こうい》を思い出したからだ。

「サラレギーの手に渡《わた》って、悪用されないって保証があるなら、これ以上詳《くわ》しい場所なんか聞きたくない」

彼は実験の名目で囚人《しゅうじん》を集め、カロリアを破壊《はかい》した。人々の役に立とうとするアニシナさんとは、理想の高さが随分違《ずいぶんちが》うじゃないか。

「本当に？」

名前のとおり榛色《はしばみいろ》の瞳で、おれの顔をじっと見詰《みつ》めた。相手のほうが背が低いので、自然と見上げる角度になる。酷《ひど》く居心地の悪い理由は、彼女の眼だ。物の本質を見極《みきわ》め、鑑定《かんてい》する眼を持っている。

「あたしのように間違えたりしなければ、凄《すさ》まじい威力《いりょく》を持つ貴重な箱だよ。遺《のこ》された記録によると、ドイツの研究している新型爆弾《ばくだん》にも匹敵《ひってき》するかもしれない。融合《ゆうごう》と分裂の特性を利用した恐《おそ》ろしい物だそうだよ。都市ごと吹《ふ》っ飛ぶ。そんな強大な力を手にしても、あんたたちはそれを使わずにいられると？」

「使わない。使わせないために、もっと深く、絶対に見つからない場所に隠したい」

ヘイゼルはきっかり五秒間、黙《だま》っておれの顔を眺《なが》めた。その間ずっと心の奥底を覗《のぞ》かれている気がした。やがて彼女は頬《ほお》を緩《ゆる》め、善良そうな老婦人の表情に戻る。

「悪かったね、どうも坊《ぼう》や……失礼、陛下が、地球でいう日本人に見えてしまって。あんな国に凶悪《きょうあく》な兵器を持たせたら、世界がどうなるか判ったものではないからね」

「……あんな国……」

仕方がない、ヘイゼル・グレイブスの中の地球史は、一九三六年で止まっているのだ。日本は徹底《てってい》した軍国主義で、アメリカは未《ま》だ参戦していなかった。それどころか大戦さえ始まっていなかったのだ。彼女は二十世紀がどう終わったかを知らない。

「難しいなー、国際政治って」

「そうですね」

もう少し後の世界を知るコンラッドが、肩《かた》を落とすおれを宥《なだ》めるように言った。お前は良くやっている、誰かにそう慰《なぐさ》めてもらいたい気分だ。

落胆《らくたん》の理由には思い至らないまま、ヘイゼルは笑顔《えがお》で詫《わ》びた。

「申し訳ない、外見で判断するような愚《おろ》かな真似《まね》をしてしまった。黒い目や黒髪の人物に久し振《ぶ》りに会ったものだからね。でも陛下はとても誠実そうだし、それにキュートだ。女性票の獲《かく》得《とく》も容易だろうね。あたしの友達のアジア人とは大違いだよ」

その先は真顔に戻《もど》り、優《やさ》しい老婦人はたちまち姿を消す。これが「ベネラ」としての顔なのだろう。

「そして何より、あなたは魔族の王、唯一《ゆいいつ》シマロンに対抗《たいこう》できる存在だ。信頼《しんらい》に足る人物だと思いたい。でなければあたしたちがこれまでしてきたことは、永遠に報《むく》われなくなってしまう。この国の現状が明るみにでるように、海の向こうに広まるようにと、あたしたちは船を出し続けてきたんだから。仲間がどんなボロ船で海を越《こ》えようとしたか知ってるかい？」

「知ってる、接触《せっしょく》したよ。無謀《むぼう》もいいところだ」

「そう、死にに行くようなものだよ」

あんな荒《あ》れ狂《くる》う海域に、漁船に毛の生えた程度の乗り物で旅をさせるなんて。しかも大半は小シマロンに流れ着き、子供だけ奪《うば》われて送り返される。おれは服の上から胸を押さえ、かさつく感触《かんしょく》をぎゅっと摑《つか》んだ。そこには親しくなった双子《ふたご》からの手紙が入っている。ジェイソンとフレディの。託《たく》されたゼタとズーシャの想《おも》いも詰《つ》まっている。

恐らくその薄《うす》っぺらい紙切れの向こう側には、もっともっと多くの、数え切れない程《ほど》の人の願いがあるのだろう。

「それでも船は出さなければならない。誰《だれ》かが行かなくては。あたしたちはもう三十年以上同じことを続けているが、シマロン領は駄目《だめ》だった。シマロンに流れ着いた同胞《どうほう》がどういう運命を辿《たど》るかはもうご存知だろうね。シマロン領以外に関しては判らない、皆目見当《かいもく》が付かない。握り潰《つぶ》されているか、そのまま体《てい》のいい労働力として搾取《さくしゅ》されているのかもしれないし」

ふと見るとヨザックが、女性から何か黄色い塊《かたまり》を貰《もら》っていた。自分の口を示し、食べていいものかどうか訊《き》く。神族の女性は細い指でそれを千切り、微笑《ほほえ》みながら彼の口元に差しだした。言葉も通じないのに親しくなるのが早い。ヘイゼルも同じ光景を見ていたらしく、ほんの少しだけ表情を緩めた。

「そうしている間に戦争が激化し、シマロンが二つに分かれたと聞いた。出島を訪《おとず》れる貿易商から漏《も》れ伝わってね。同時に、シマロンに対抗する勢力があることも知った。驚《おどろ》いたよ、ここ百年のシマロンの侵攻《しんこう》速度といったら、ローマや大英帝国どころじゃなかったのに。この閉ざされた土地で、限られた情報しか入ってこない環境《かんきょう》にいたせいか、もう全世界がシマロンの物になってしまっているように感じていたからね。世界の覇権《はけん》はシマロンにあり、それを大小二人の王が分け合っているのだと、あたしも仲間も絶望していた」

お庭番は呑気《のんき》にも、貰った食べ物を咀嚼《そしゃく》している。英語が理解できず退屈《たいくつ》しているにしても、ちょっと意地汚《いじきたな》いぞヨザック。逃避《とうひ》しかける神経を、無理やりベネラの話に戻す。

「ところがシマロンは、戦いに勝ったわけではないというじゃないか」

如何《いか》にも痛快そうに、ヘイゼルは肩を揺《ゆ》すった。他国の事情なのに。

「あの強大な国家に屈《くっ》することなく対等に戦い、頭を下げさせた国があると。それを聞いてあたしがどう感じたか判《わか》るかい？　世界は広いんだと思ったね。そしてもしかしたら両シマロンではなく、もっと他の、虐《しいた》げられた者達から搾取しない土地もあるのではないかと思うようになった。我々の窮状《きゅうじょう》を知って、調停役を名乗り出てくれるのではないかと夢見た。希望を持ち始めたんだ……希望というのは厄介な代物《しろもの》でね」

ヘイゼルは両手を天に向けて肩を竦《すく》めた。映画でよく見る外人ポーズだ。

「……止められなくなってしまったんだよ」

「何、を」

「船を出すことを」

「そんな」

おれは困惑《こんわく》して何度も手を握ったり開いたりした。掌にかいた汗を腿《もも》に擦《こす》りつける。

「じゃあ神族の皆があんなボロ船で、無謀と知りつつも脱出《だっしゅつ》を図《はか》るのは……おれたちが……眞魔国がシマロンと戦争したせいだっていうのか。魔族が他の国と同じようにあっさり降伏《こうふく》していたら、あんたたちも早くに諦《あきら》めてて、無駄《むだ》な犠牲《ぎせい》を出さなくて済んだっていうのか？」

「そんなことは言っていないよ陛下」

ヘイゼルの揶揄《やゆ》するような調子に、おれは黙って唇《くちびる》を噛《か》んだ。

「ただあたしは、シマロンに打ち勝った国の存在が、我々に希望を与《あた》えたと言いたかったのさ」

希望。

その短い単語を聞いて、おれはこの地に立った理由の一つを思い出した。

ベネラ、希望、助ける。

そうだ、おれたちは……少なくともおれは、箱を探しに来たわけでも、聖砂国と小シマロンの国交回復を妨《さまた》げに来たわけでもない。手紙をくれたジェイソンとフレディの願いを叶《かな》え、少女達を救出しに来たのだ。二人の人生に責任を持つと言った。約束したのだから。

「希望といえばあなただろ、ベネラ」

故意に彼女の本名ではなく、人々に讃《たた》えられる名前を口にする。

「あなたは奴隷《どれい》として虐げられ、抵抗《ていこう》する気力もなくなった人々を奮い立たせた。もっと違う人生があるんだと教えて、今の環境から抜《ぬ》け出すための手段を教えた。教えるだけじゃなく、指揮して実行にまで導いたんだろう？　この国の人々の希望はシマロンと和平を結んだ眞魔国なんかじゃない。ヘイゼル・グレイブス、あなたなんだよ」

約束どおり会いにきたよ、ジェイソン、フレディ。君達はおれに何を望んでいるんだろう、ベネラという象徴《しょうちょう》的な存在を、何から救えばいいんだろう。

「おれが仲間と離《はな》れてまでこの土地に来たのは、友達になった双子との約束を果たすためだ。その子達はベネラを助けてくれと言ってきた。ジェイソンとフレディっていう十二かそこらの女の子だ。二人の所在を知ってるかな」

「ジェイソンとフレディ……どこかで聞いたような……その子等があたしを助けろと陛下に言ったのかい？」

心当たりがないのは双子の居場所なのか、それとも自分自身の危機に関することなのか、ヘイゼルは数分間本気で悩《なや》み、まるで占《うらな》い師《し》みたいな一言を漏らした。

「神族らしくない名前だ。奴隷階級じゃないのでは」

「生まれてすぐに連れ出されたらしいんだ。国外での養成施設で育てられたから、名前もそこでつけられたのかも。とても魔術《まじゅつ》が……違《ちが》った、法力が強い。持って生まれたものらしい。待てよ、サラの説明では……」

サラレギーによると、どんなに高貴な身分の生まれでも、法力のない子供は奴隷として扱《あつか》われるということだった。極端《きょくたん》な話、女王の産んだ双子の片割れでも。逆にジェイソンとフレディは高レベルの法力を持っている。他《ほか》の法術師達が頼《たの》みにしている法石の力も借りずに、凄《すさ》まじい破壊《はかい》力を見せつけてくれた。おれなんか足元にも及《およ》ばぬ程だ。

あれだけの攻撃力《こうげき》を持ち合わせていれば、奴隷階級には属さないのかもしれない。ではおれは今ここにいる人々ではなく、もっと恵《めぐ》まれた、裕福《ゆうふく》な環境にいる子供を助けに来たのか？　それをこの場で言ってしまっていいものかどうか悩む。

ヨザックが顔の横で指を動かし、「食い物をくれるそうですよ」と小声で告げてきた。

「この辺で一息入れましょうや、坊《ぼっ》ちゃんだって腹ぁ減ってるでしょ」

隣《となり》では先程の女性が、親切そうな笑顔で包みの中を掻《か》き回している。ただでさえ少ない食《しょく》糧《りょう》だろうに、見ず知らずの異国人にまで分けてくれようというのだ。

きみたちに力を貸しに来たのではないなんて、どんな顔をして言えばいいのか。

おれの逡巡《しゅんじゅん》をよそに、ヘイゼルが叫《さけ》んだ。

「外海帰《がいかい》りか！」

「え？」

「外海帰りだね、その二人は。海の向こうの他の土地から戻《もど》ってきた連中をそう呼ぶんだ。外《げ》界《かい》を知らない多くの奴隷達と区別するためにね。だったら数度会っているかもしれない。あたしがいつもの姿で巡回《じゅんかい》していた時だ」

そこまで一息に言って、ヘイゼルは自虐《じぎゃく》的に唇を歪《ゆが》めた。

「あたしの本職は肥車牽《ひ》きの婆《ばあ》さんだから」

高校生で野球小僧《こぞう》の魔王がいるのだから、有機農法の肥料を運んでいる指導者がいたって可《お》笑《か》しくはない。

「でも、もしその子達が外海帰りだとしたら……可哀想《かわいそう》に、とんでもない場所に繋《つな》がれていることになる」

「繋がれてる⁉ だって犯罪者や謀反人《むほんにん》でもなく、下手したら奴隷階級でさえない子供達だぜ⁉ この国の価値観で判断すれば、法力の強い子供はエリートなんだろ?」

物騒《ぶっそう》な響《ひび》きにたちまち不安になる。おれの捜《さが》す少女は、鎖《くさり》の必要なペットや家畜《かちく》ではない。

「国から一歩も外へ出ず、終生良き市民でいさえすればね。でも、外海帰りはそう簡単にはいかない。何も知らなければ今の体制に疑問も抱《いだ》かず、神と支配者に忠誠を誓《ちか》っていられるだろう。だが、一度外の世界を知ってしまえば、ここの異常さに気付かずにはいられない。そうなると単なる奴隷より面倒《めんどう》だ」

「面倒って!」

「知識と情報を持っているからね」

ヘイゼルは乾《かわ》いた指で髪《かみ》を掻き上げ、絶望だとばかりに頭を振《ふ》った。

「外海帰りは専用の施設に隔離《かくり》され、勾留《こうりゅう》される。周囲の者達を啓蒙《けいもう》し、良からぬ影響《えいきょう》を与えないように。施設とは名ばかり、実際は荒野《こうや》の直中《ただなか》の収容所だ。囚人《しゅうじん》だよ、刑務所《けいむしょ》暮らしも同然さ」

「そんな」

「国内に何箇所か点在していて、その内の一つはイェルシウラドからそう遠くない。二十日に一度は物資が送られる。あたしでなく、牛が荷車を牽いてね。蓋《ふた》は開けないから中身は判らないが、匂《にお》いからして囚人の食糧じゃあなさそうだ。僻地《へきち》勤めの役人の嗜好品《しこうひん》か何かだろう」

ヘイゼルの口調には明らかに同情が込められていた。友人になった少女達は、この場の誰《だれ》よりも苛酷《かこく》な境遇《きょうぐう》に置かれているのだ。

「運良く協力者が荷運びの任に就《つ》いた時は、あたしもできる限り訪《おとず》れるようにしている。航海にしくじって送り返された者も多く収容されているから。彼等に関してはあたしに責任がある」

同情と苦痛の入り混じった声だ。冷静さを保つために歯を食い縛《しば》らなければならないような。けれどおれにはもう、彼女の話など聞こえていなかった。足元の地面が砂に変わり、身体《からだ》ごと崩《くず》れ落ちて行く気がして、立っているのがやっとだったのだ。

「……おれだよ」

両手の指を開いたままで、頬《ほお》の震《ふる》えそうな顔を覆《おお》った。小指に塡《はま》った薄紅色《うすべに》の石が、冷たいままで目尻《めじり》に当たる。無性《むしょう》に腹が立ち、誰かを心の底から憎《にく》みたくなった。でもそう簡単には逃《に》げられない。

責任は、おれにある。

「おれがあのこたちを、そんな酷《ひど》い処《ところ》に……」

「違《ちが》います陛下」

コンラッドに両肩《りょうかた》を摑《つか》まれて、やっと落下の感覚はなくなった。しかし後悔《こうかい》の言葉は次から次へと浮《う》かんでくる。

「あのとき止めれば良かったんだ。止めるか、せめてもう少し聖砂国の政情や神族の思想について調査してから二人を送り届ければ……それまで待てって説得してれば、こんなことには」

「あなたのせいではありません」

彼の腕《うで》を振り解《ほど》いて向き直り、背中から勢いよく壁《かべ》に倒《たお》れ込んだ。ヘイゼルの顔色が変わる。おれは何かしただろうか、と一瞬迷う。ヘイゼルの視線はおれと、背後の石壁に注《そそ》がれていた。

「いや、寧《むし》ろおれが直接ついて行くべきだったんだ。最後まで責任持つなんて軽々しく言っておきながら、肝腎《かんじん》なところで他人に任せた。自分で送って行けばよかった。この眼《め》で、あの二人が幸せになるのをちゃんと見届けるべきだったんだ！　そうだ、一緒《いっしょ》だった小さい連中はどうしたんだろう。まさかあのチビちゃんたちまで酷い目に……」

「あなたのせいじゃない！」

「坊ちゃん？」

異変に気付いたヨザックが駆《か》け寄ってきた。ちらりとコンラッドの様子を窺《うかが》いながらも、剣《けん》に指が掛《か》かっている。疑いはまだ晴れていないのだろうか。おれにしてみればそれも辛《つら》い。

「だから言ったでしょう、坊ちゃん。一息入れて飯でも食いましょうって。空腹のまま深刻な話なんぞしても、立ち眩《くら》みでぶっ倒れるのがオチなんだから」

「腹が減ってるせいじゃないよ」

「いーえ腹が減ってるせいなんです」

彼はきっぱりと断定した。

「満たされていない時に考え事をすると、ろくなことにならない。そいつは太古の昔から先祖代々言い伝えられてきた至言ですよ。眞王《しんおう》様だってそう仰《おっしゃ》ってるわ」

「逆に満腹だと血液が胃に集中して……むぐ」

「口答えしない。いいですか陛下、こういうのは本当に飢《う》えたことのある奴《やつ》にしか判《わか》らないんです」

割烹着《かっぽうぎ》を着たおばちゃんそのものの仕種で、グリ江ちゃんはおれの口に黄色い塊《かたまり》を突《つ》っ込んだ。チーズとヨーグルトの中間の味がする。それからウェラー卿《きょう》に向かって、牽制《けんせい》するみたいに言った。

「毒味済み」

「……知ってる」

先祖代々の至言だと豪語《ごうご》するだけあって、グリ江ちゃんの言葉は半分は本当だった。乳製品らしき食べ物を噛《か》む内に、自己嫌悪《けんお》は多少治まり、先のことを検討する気力も僅《わず》かながら湧《わ》いてきた。多少は、だ。まだまだ罪悪感のほうが幅《はば》を利《き》かせているのだが。

おれはしくじった。ひとの一生を左右する重大な局面で、大きな過《あやま》ちを犯した。その愚《おろ》かさと深刻さを想《おも》うと、寄り掛かる壁の表面から、猛獣共《もうじゅうども》に嘲笑《あざわら》われるような気がした。

だがまだ終わっちゃいない。

ジェイソンとフレディの人生は未だ九回裏じゃないし、償《つぐな》えることもあるはずだ。

「……教えてくれ」

「何をだい？」

黙《だま》って見守っていたヘイゼルが、両腕《りょううで》を組んで聞き返してきた。

「外海帰りの人々が隔離されてる場所だよ。それを知ってる限り教えてくれ。まずは首都に近いところからだ。おーい！」

部屋の隅《すみ》に立っていた神族の若者を手招く。抱《かか》えた紙筒が地図であるように願いながら。

「必ず助けだす……必ず」

ヘイゼルは可笑しげに顎《あご》を反らし、荒《あら》くれ者みたいに指をボキボキ鳴らした。

「いいだろう、いい根性だ」

もはや優《やさ》しげな老婦人の面影《おもかげ》などどこにも無い。

「坊《ぼう》やを見てると孫娘《まごむすめ》を思い出すよ。頑固《がんこ》だがとにかく諦《あきら》めない子でね。別れた時にはちょうどあんたくらいの歳《とし》だった。出来る限りの協力はしよう。元々その女の子達は、あたしの身を案じて陛下にお願いをしてくれたんだろう？」

「そのはず、なんだけど」

「自分等が繋がれているのに、他人の心配をするなんて。まったく良くできた子供達だ。そういう子を救わないわけにはいかないじゃないか……ああ、まず此処《ここ》」

そう言うと地面に紙を広げ、自分の膝《ひざ》で右端《みぎはし》を押さえた。聖砂国全土を表す地図は、周囲を波のマークで囲まれた、巨大《きょだい》な帆立《ほたて》の貝殻《かいがら》に見えた。本国作成のオリジナルマップにも拘《かかわ》らず、やっぱり山地や平原の区別が曖昧《あいまい》だ。幾《いく》つかの山脈が記されているとはいえ、全体的に起伏《きふく》の少ない地形のようだ。

ヘイゼルの指先を目で追っていくと、中央、西、南東と動いた。

「あたしが知っているのはこの四つだ。イェルシウラドの北西、西の崖《がけ》っ縁《ぷち》、出島のちょうど反対側……それと……」

四番目の場所へと向かう指のスピードが落ちた。まるでそれまでの三カ所よりも勿体《もったい》をつけているようだ。不思議に思って視線を上げると、ヘイゼルの口元が皮肉っぽく歪《ゆが》んでいた。こちらを焦《じ》らしているわけではなさそうだ。

「そして此処、大陸の最北端《さいほくたん》にもう一箇所。この辺りには王家の墳墓《ふんぼ》があって、幾つかの騎馬《きば》民族が実権を握《にぎ》っている。王の墓を守るという名目の下《もと》に」

「実権を握ってるって？」

聖砂国は皇帝《こうてい》の単独政権で、権力は全《すべ》てイェルシーに集結しているのではなかったのか。そう訊《き》き返そうとしたおれの疑問は、ヘイゼルの次の言葉ですっかり消えてしまった。彼女はこう言ったのだ。

「あたしが飛ばされて来た場所だ。『箱』と一緒にね」

「何だって⁉　じゃ、じゃああれは今も、そこに」

「ああ恐《おそ》らく。誰にも気付かれてなけりゃあ古墳《こふん》の底に眠《ねむ》ってるよ。歴代皇帝の財宝と共にね。あたしが命辛々《からがら》逃げだしてから、誰も盗掘《とうくつ》に入ってなきゃいいけど」

顔を見合わせるおれたちを後目《しりめ》に、ヘイゼルはふてぶてしさを装《よそお》って続けた。

「それにしても古墳の中だなんて、トレジャーハンターが閉じ込められるには絶好の場所じゃないか。あの箱に意思があるとしたら、かなりのユーモアの持ち主に違《ちが》いない」

笑えない冗談《じょうだん》だ。カロリアの惨状《さんじょう》を目《ま》の当たりにした人間にとっては、特に。

抗議《こうぎ》するのは止《や》めておいた。箱の秘密を知る者を敢《あ》えて増やすことはない。というよりも機を逸《いっ》したというほうが正しい。突然《とつぜん》響《ひび》いた鈍《にぶ》い音に、全員の注意が集まってしまったのだ。

それは外から石を打ち鳴らす音だった。酷く慌《あわ》てている。一番近かった青年が急《せ》かされるように石戸を引いた。

「ベネラ！」

男は入って来るなりヘイゼルの名を叫《さけ》び、駆け寄って早口で捲《まく》し立てた。握っていた紙片《しへん》を渡《わた》して自由になった両手は、野菜でも切るように縦に動いている。彼なりの身振《みぶ》り手振りなのだろう。如何《いか》に焦《あせ》っているかは目を見れば判る。眼鏡《めがね》の分厚いレンズ越《ご》しに、巨大な金色の眼球が左右に動いていた。馬鹿《ばか》にしてない、ユタは馬鹿にしてないから。

頰《ほお》と顎を覆《おお》う柔《やわ》らかそうな髭《ひげ》の白カビ具合といい、どうも何処《どこ》かで見た顔だ……。

「あっ！」

一頻《ひとしき》り説明を終えた男は、おれの声に驚《おどろ》いて初めてこちらに視線を向けた。ぎょっとして数歩後退《あとずさ》る。

「アチラさん⁉」

「コ、コチラサン⁉」

この男は巨頭会談に立ち会っていた通訳だ。相変わらず動転すると顎の白黴《かび》が逆立つようだ。胸に着《つ》けられた名札の間違いが鮮明《せんめい》に甦《よみがえ》る。通詞・アチラ、三文字目が左右逆表記だったっけ。

「ああそうか、顔見知りのはずだね」

「どうして翻訳《ほんやく》コンニャ……法術の持ち主が抵抗者《ていこうしゃ》のアジトに⁉」

相手も全く同じ事を訊《き》きたいだろう。どうしてバルコニーから落ちた間抜《まぬ》けな客人が、地下迷宮の入り口に⁉

「アチラは市民だが、あたしたちの心強い協力者だ。祖父母の代が奴隷《どれい》でね、あたしがちょっとしたアドバイスをしたんだ。そんなことよりも彼の持ってきた情報だ。陛下も興味があると思う」

「はなしを？」

一瞬戸惑《いっしゅんとまど》ってから、説明を聞きたいかという意思確認《かくにん》だと理解した。彼の共通語は徹底《てってい》的な省略話法だ。相変わらずの超訳《ちょう》ぶり。やっぱり特殊《とくしゅ》な法術の持ち主というよりも、単なる語学が堪能《たんのう》な人にしか思えない。

おれは勢い込んで答えた。動詞だけで。

「聞く聞く！」

「あす、昼、しょけいが」

「……という と？」

「処刑《しょけい》デス、陛下」

苦々しい口調のコンラッドに、わざわざ英語で教えられる。ヘイゼルも頷《うなず》いていた。

「ちょ、ちょっと待ってくれコンラッド、まさかこんなことで駄洒落《だじゃれ》言うような人じゃないよな？　そんな不謹慎《ふきんしん》な人じゃないもんな」

「処刑は処刑だよ、陛下。我々への見せしめだ。摘発《てきはつ》された反抗者や、さっき言った外海帰りの中から、運の悪いのが引っ張り出される」

「こ、殺されんの？」

横でおれたちのやりとりを聞いていたヘイゼルは、今更《いまさら》何をと怪訝《けげん》そうな顔をした。

「魔族は吊《つる》さないのかい？　それにしても急だね、しかもどうした風《ふ》の吹き回しだろう、ここ何年かは公開処刑は行われていなかったんだが。特にイェルシーが即位《そくい》してからは、我々への締《し》め付けも以前よりは緩《ゆる》くなって喜んでいたのに。ついにあの子も母親と同じ路線に宗旨替《しゅうしが》えってことか」

忌々《いまいま》しげに吐《は》き捨てるリーダーに、おれは胸《むな》ぐらを摑《つか》みそうな勢いで食《く》って掛《か》かっていた。

「助けるんだろ、助けるんだよな⁉」

「そうしたいのは山々だが……それで新たにでる犠牲《ぎせい》と被害《ひがい》を考えると、そう簡単には決断できない」

「そんな、見殺しにすんのかよ⁉」

ヘイゼルは厳しい表情のままで、曾孫《ひまご》くらいの年齢《ねんれい》のおれに肩《かた》を揺《ゆ》さぶられている。見かねたコンラッドに引き離《はな》された。

「判《わか》ってるさ！」

異国の、他《ほか》の組織の問題だ。干渉《かんしょう》しすぎるのは良くない。感情的になり、恫喝《どうかつ》するなんて以《もっ》ての外《ほか》だ。

「判ってる！　けれどおれにはどうしてもこれが……これがサラレギーの影響《えいきょう》に思えて仕方がないんだ」

「だからどうだと仰《おっしゃ》るんですか。喩《たと》え処刑がサラレギーの入知恵《いれぢえ》だとしても、ここは聖砂国で決断するのはベネラたちです。こちらが救出を強要するべきではないでしょう」

ウェラー卿《きょう》は尤《もっと》もらしいことを、憎《にく》たらしいほど冷静な口調で告げた。もちろんおれだって頭では理解しているのだ。けれど未熟な感情面はどうにもならない。数百年前からある土を蹴《け》り飛ばし、埃《ほこり》を上げる。

弾《はず》みで口にしてはならない言葉までが溢《あふ》れだす。

「あんたは今っ、どっちの立場で物を言ってるんだ!?」

ぶつけてはならない疑問まで。

「おれの仲間なのか、それとも……大シマロンの使者か」

長過ぎる間を置いてから、ウェラー卿は掠《かす》れた声で応《こた》えた。

「……どちらをお望みなんですか」

同じ台詞《せりふ》を違《たが》わずに、今度はきちんと魔族の言語で繰《く》り返した。

「陛下はどちらをお望みなんですか」

何も言えなかった。

「お取り込み中悪いんだが」

情報提供者のアチラに渡された紙片を睨《にら》んでいたヘイゼルが、顔も上げずに割って入った。

自分から当たっておきながら、おれは密《ひそ》かに胸を撫《な》で下ろす。答えをださずに済んでほっとしていた。

だがほんの僅《わず》かな安堵《あんど》は、告げられた内容のせいで跡形《あとかた》もなく消し飛んでしまった。あの独特の、羽ばたく鳥の連続写真みたいな文字を読みながら、ヘイゼルはぎゅっと拳《こぶし》を握り締めた。

「いいニュースと悪いニュースがある。どちらから聞きたい？」

「い……」

「ではまず、いいニュースから。今回引き出された運の悪い連中は五人だけだ。通常よりずっと少ない」

それがいいニュースなのか。

「しかしその五人の中に、神族らしからぬ響《ひび》きの名前がある。それも大人ではなく、少女二人」

ヘイゼルは呪《のろ》いの言葉でも吐きそうな声で、短いコメントを足した。

「最悪だ」

5

テリーヌは船旅を満喫《まんきつ》していた。

凪《な》いだ海を往《ゆ》く「うみのおともだち」号は、揺れも少なく快適だ。またいつもなら自分を膝《ひざ》から離さない山脈隊長も、最近では時々こうして木桶《きおけ》の上で甲羅干《こうらぼ》しさせてくれる。いくら好んで一緒《いっしょ》に居るとはいえ、テリーヌ自身はどちらかというと束縛《そくばく》されるのが嫌《きら》いなほうだから、たとえ束《つか》の間でも独りにしてもらえるのは有り難い。

依存傾向《いぞんけいこう》が軽減しているのかもしれない、とテリぼんはぼんやりと思った。それもこれも海のなせる業《わざ》なのだろう、きっと。

無論、焼き過ぎはお肌《はだ》に良くないが、長い長い骨の一生だ、骨黒な時期があったって構うまい。今日も山脈隊長の手の油を塗《ぬ》って、午後から日向《ひなた》テリぼっこだ。

まさかそこであんな場面を目撃《もくげき》してしまおうとは、テリーヌは夢にも思っていなかった。彼女(?)が無意識にとってしまった行動を、一体誰《だれ》が責められようか。

デッキの前方にはフォンビーレフェルト卿ヴォルフラムが、航海の無事を祈《いの》る女神像《めがみぞう》よろしく立っていた。

口元に吐瀉物《としゃぶつ》を付けたままで。

ヴォルフラムの船酔《ふなよ》いは相変わらずだった。魔族最悪の秘術、ギュンターの守護とやらを受けたのに、吐き気に襲《おそ》われずに済んだのは僅か二日間だけ。これでは一体何のために、あの薄《うす》気味悪いお守り袋《ぶくろ》まで持たされているのか解《わか》らない。

「……しかも髪《かみ》の毛で編んであるんだぞ……」

ユーリ風に言えば一〇〇％ウールで高級感たっぷりだそうだが、実際はギュンターのケ・ジュウワリ、異国の人名風の響きだ。

彼は懐《ふところ》から灰色の巾着袋《きんちゃくぶくろ》を取りだすと、呪《まじな》いのアイテムを海風にぶらぶらさせた。ぶらぶら、ぶらぶら。

「何だ、今日は吐いてねえのか」

ぶらぶらさせた袋に釣《つ》られたわけではあるまいが、アーダルベルトがふらふらと近寄ってくる。相変わらずの肉体派だが、彼にしてみればここ数日は、かなりお疲《つか》れ気味だった。目の下にははっきりとした隈《くま》ができている。自慢《じまん》の筋肉も萎《しぼ》みがちだ。

とはいえ、好意を持っている相手でもなかったから、心配してやる気にもなれずに、ヴォルフラムは不機嫌《ふきげん》そうに鼻を鳴らした。それどころかつい先日までは、魔族の敵と目されていた人物だ。慣れない航海で体調を崩《くず》したとしても、気に掛けてやるつもりはない。

ところがアーダルベルトは生気の抜《ぬ》けた顔で、ヴォルフラムに一包の粉薬を差しだした。

「使えよ。船酔いの薬だ。もっとも人間用だから、お前さんにゃあ効かねえかもしれんがな」

「ハァ？　何言ってるんだ、自分で飲め」

「オレが？　吸血蝙蝠《こうもり》の眼球と毒々チチカエルと腐《くさ》った梨《なし》と魚人殿《どの》の鱗《うろこ》をすり潰《つぶ》して粉にした酔《よ》い止めをオレが飲むって？　飲むわけないじゃねえか」

親切だったのか嫌《いや》がらせだったのか判らない。アーダルベルトは甲板《かんぱん》の手摺《てす》りに掴まり、筋肉に物言わせて危険なほど身を乗り出した。

「オレは別に船酔いじゃないからな」

「だったら何だ、どうしてそんなげっそりした顔をしている？　言っておくが、お前を乗艦《じようかん》させるために、僕等は多大な犠牲を払《はら》っているんだからな！　いざというときに体調不良で役に立たないなんてことになったら、その筋肉、部位ごとに分けて海に投げ込むぞ」

乗り物酔いは人を過激にする。だがアーダルベルトはその発言を笑い飛ばすどころか、言われてがっくりと項垂《うなだ》れた。

「いっそ海に投げ込んぢまいたいぜ……」

「な、なんだグランツ、一体全体どうしたんだ」

「この辛《つら》さ、お前さんにゃ判らないだろうなあ」

彼は遥《はる》か遠くの水平線を眺《なが》めながら言った。目が虚《うつ》ろだ。

「あの声が耳について離れねえんだ……おとぉさま、おとぉさま、ってな。ああしかも語尾《ごび》がちょっと疑問調だ。小首を傾《かし》げて、おとぉさま？　って感じ」

「な、ななな、なななななナニーっ!?」

ヴォルフラムは飛びすさり、

「キサマ、魔族《まぞく》を裏切って人間達に与《くみ》したばかりでなく、隠《かく》し子までいたのか!?　しかもそんな幼気《いたいけ》で可愛《かわい》い女の子を、よりによってユーリ救出のためのこの艦《かん》に、こっそり連れ込んでいたのか!?」

「オレの物真似《ものまね》が幼気《いたいけ》で可愛く見えたのか？　お前……そりゃ重症《じゅうしょう》だ」

アーダルベルトは頑丈《がんじょう》な腕《うで》で金髪《きんぱつ》を掻《か》き回し、絶望たっぷりの声で唸《うな》った。

「百五十年近く生きてきたが、まさか自分が毒女の毒牙《どくが》にかかるとは思わなかったぜ！　オレだけは大丈夫と思っていたのに」

「ああ、またアニシナ絡《がら》みか」

美少年は何となく納得《なっとく》した。アニシナが絡んでいるとすれば、どんな不気味なことが起ころうと不思議ではない。筋肉男にどうして娘《むすめ》ができたのかは不明だが、毒女に関《かか》わった以上、諦《あきら》めるしかないのだ。

「娘には疎《うと》まれるよりも好かれるほうがずっと嬉《うれ》しいじゃないか。まあ可愛い娘が相手では仕方がない、密航の件は聞かなかったことにしておこう」

「だ、だからどうしてオレに娘がいると思うんだ!?」

すっかり父親モードに突入《とつにゅう》したヴォルフラムは、他人の言うことなど聞いちゃいない。たとえ相手が虫の好かない男でも、グレタの自慢を語れればそれで満足なのだ。

「確かに男親は、おとーさま？　と呼ばれるのには弱いな。そんな疑問調でおねだりされたら、欲しい物は何でも買ってあげてしまう。そうだ、歳《とし》はいくつなんだ？」

「え、と、歳？　歳か？　老《ふ》けて見えるが、実際はまだ三十……四、五か」

「五歳か！　うちは十歳なんだ。では父親としては僕のほうが先輩《せんぱい》だな」

「おい待て、お前さんいつ父親に……」

どっぷり父親モードに突入したヴォルフラムは、他人の戸惑《とまど》いも気にしやしない。たとえ相手が顎《あご》の割れてる男でも、愛娘《まなむすめ》のことをひけらかすことができればそれでいいのだ。

「うーん、五歳ならまだまだ子供だな。グレタが五歳の頃《ころ》なんか、ぬいぐるみがなければ寝《ね》られなかったと想像してるぞ、僕は。特製の玩具《おもちゃ》なんか貰《もら》うと、すごく喜びそうだな。黄色いアヒルとか与《あた》えてみるのはどうだろう」

「アヒ……」

下半身を簀《す》巻《ま》きにされたまま、人魚のポーズで「おとぉさま？」と呼び掛《か》けるマキシーンに、黄色いアヒルなど通用するだろうか。いっそヴォルフラムを部屋に引摺《ひきず》って行き、思う存分「おとぉさま地獄《じごく》」を体験させてやりたい。

「こうなったら一か八か催眠《さいみん》法術で、毒の中和を図《はか》ってみるか」

「催眠法術？」

既成《きせい》の単語に一文字足しただけのような用語に、ヴォルフラムは反応した。船酔いの解消に効果がありそうな響《ひび》きだ。

「前々から不思議に思っていたんだが、神族でも人間でもないお前が、どうやって法術を会得《えとく》したんだ？」

グランツの元若旦那《だんな》は青い瞳《ひとみ》を眇《すが》め、そんなこと聞いてどうすると怪訝《けげん》そうな顔をした。

「口で言うほど簡単じゃないぜ。そりゃもう、顎が割れるくらい訓練を積んだんだ」

「顎が⁉ それは生まれた時から割れてるんじゃないのか⁉」

え。これだから箱入り美少年は困る。笑えない冗談《じょうだん》を失笑《しっしょう》するどころか、真に受けてびっくりしてしまう。

「生まれた時からって、そいつぁ誤解もいいとこだ。だったらお前の長兄は、生まれた時から眉間《みけん》に皺《しわ》が寄ってたのか？」

「いやそれは、寄ってなかっただろうけど」

顎と皺では微妙《びみょう》に違《ちが》う。

「第一、顎の割れてる赤ん坊《ぼう》なんかいるか？　見たことあるか？」

「ない……気がする」

「だろう。よーく覚えておけ、顎も腹筋同様、鍛《きた》えれば鍛えるほど割れてくるんだよ。使い込めば使い込むほど熟練するんだ」

「割れ顎の熟練か」

ヴォルフラムは、悔《くや》しいが勉強になったと頷《うなず》いている。ここを父親学級か何かと勘違《かんちが》いして、娘を持つ親に悪人はいないと信じているのだろう。一刻も早く父親モードから覚めて、いつもの彼に戻《もど》らないと危険だ。

しかし彼等はこの恥《は》ずかしい会話が、全世界の骨一族に向けて中継《ちゅうけい》されていたのを知らなかった。


一方その頃血盟城《けつめいじょう》では、グウェンダル、アニシナ、グレタの大中小三人組が「組み組み骨っちょ」の一片《いっぺん》に巨大汁碗《きょだいしるわん》状の機材を繋《つな》ぎ、聞こえてくる通信を固唾《かたず》を呑《の》んで聞いていた。

どうでもいいような内容だったが。

「どうです、この『ビリビリイエスイエス電波受信中』略して『びいえすくん』の性能は。これさえあれば骨通信から出合え系決闘中継《けっとうちゅうけい》まで、どんな音でも拾えます。んー? あらあら」

アニシナは切り揃《そろ》えられた綺麗《きれい》な爪《つめ》で、びいえすくんの縁《ふち》を辿《たど》った。

「ヴォルフラムが筋肉に騙《だま》されていますよ」

長兄は長い指で頭を抱《かか》えて呟《つぶや》いた。

「弟よ……」

グレタが膝《ひざ》の上から精一杯《せいいっぱい》手を伸《の》ばし、グウェンダルの頭を撫《な》でてやる。

「よしよし、グウェン。泣かないでー。きたえたからってアゴが割れるわけないよねえ、そんなのグレタだって知ってるよ。生まれついての毒女がいないのとおんなじしくみだもん」

「フォンウィンコット卿《きょう》は生まれついての毒女といえるかもしれませんね」

アニシナの何気ない一言に、毒女に恋《こい》する五秒前の少女は色めき立った。

「え、それだーれ？　グレタそのひとの弟子《でし》になるべき!?」

「グレタはまず、年女になってからお考えなさい」

「えー」

グレタは不満げな声をあげた。眞魔国の干支《えと》は動物が五百七十七種類だ。生きている内に年女になれる確率はそう高くない。

「でもヴォルフはそういう単純でおマヌケなところが、ちゃーむぽいんとなんだって言ってたよ」

「おやグレタ、そんな褒《ほ》め言葉をヴォルフラムに聞かせたら、きっと嬉しさのあまり舞《ま》い上がってしまいますよ。陛下も隅《すみ》に置けませんね。叱《しか》るときは叱り、褒めるときはきちんと褒める、よい躾《しつけ》っぷりです」

「言ってたのユーリじゃないよー？」

「では誰《だれ》です？」

「ぎーぜらー！」

大人しく落ち込んでいたグウェンダルが、文字では表現できない悲痛な叫《さけ》びを発した。

「あら、あの屈強《くっきょう》な男どもを操《あやつ》ることにのみ悦《よろこ》びを見いだす軍曹殿《ぐんそうどの》が、ついに年下の男の子も照準に入れたのですか。まあ恐《おそ》ろしい、まあ楽しみ。おは、おは、おはははは」

ああ弟よ、きみを泣く。

いずれの世界でも、兄は苦悩《くのう》していた。


処刑者《しょけいしゃ》リストの最後には、確かに神族らしからぬ響きの名前が載《の》せられていた。

ジェイソンとフレディ。

例によって鳥の羽ばたきみたいな文字は読めなかったし、試《ため》しに指で辿ってみても無駄《むだ》だったが、一番下に書かれた二行を見た途端《とたん》に、泣きじゃくりたいような衝動《しょうどう》が込み上げてきた。

捜《さが》してたんだ、きみたち二人を。もうずっと。

他《ほか》の三人はいずれも外海帰りの男達で、首都近くの施設に隔離《かくり》されている人物だった。ヘイゼルは、いやベネラはその名前を聞いただけで誰だか判《わか》ったらしい。額に拳《こぶし》を当ててぎゅっと目を閉じた。

にも拘《かかわ》らず同胞《どうほう》の救出に関して彼女達は非常に慎重《しんちょう》で、生贄《いけにえ》のために危険を冒《おか》すかどうかの結論は、夜のうちには出なかった。胸の痛みを感じる程《ほど》、近しい知り合いだったのに。

「彼等だって覚悟《かくご》はできている」それがベネラとしての主張だ。祖国を捨て、別天地を求めて船で漕《こ》ぎ出すと決めた時に、心の準備はしてあるというのだ。失敗したらどんな運命が待ち受けているか、成功の確率はどれ程か、それを知った上で皆《みな》旅立つのだと。

「生憎《あいにく》ジェイソンとフレディには、教えてくれる人が誰もいなかった」

そう、あの二人はおれという未熟な奴《やつ》の手しか借りられなかったために、自分達の行く末を想像できなかったのだ。

「覚悟しておけなんて誰も言えなかった。知らなかったんだから。それどころか生まれ故郷に帰れば幸せな未来が待ってるなんて思い込ませて、聖砂国に送り届けた。殆《ほとん》ど詐欺《さぎ》だ、騙したも同然さ！」

「言いたいことは理解できるよ、陛下」

「だったら！」

「だからといってあたしたちが、今回だけは例外とカウントする理由にはならない」

ヘイゼルはどこまでも冷静だった。

「畜生《ちくしょう》ッ！　あぁご婦人の前で汚《きたな》い言葉を使ってすみませんね、畜生ッ！」

おれは貰《もら》った飲み物のカップを丁寧《ていねい》に床《ゆか》に戻してから、壁《かべ》を叩《たた》いて部屋を後にした。追われているところを助けられ匿《かくま》ってもらい、食事まで頂戴《ちょうだい》しておきながらこの非礼だ。逃《に》げてきた通路の壁には所々に火が点《とも》されていて、辛《かろ》うじて松明《たいまつ》を持たなくても歩ける。

ヨザックと、それに多分コンラッドも一緒《いっしょ》だ。

狭《せま》い道を来た方向と反対に進むと、数分歩いただけで壁の明かりは途切《とぎ》れた。闇《やみ》に迷い込まないよう、火のない場所には絶対に足を踏《ふ》み入れない。

おれは暗闇《くらやみ》と人の世界の境界線を跨《また》ぎ、石と土の交ざり合った壁に寄り掛《か》かった。右脚《みぎあし》は闇、左脚はこの世にある。

言葉もなく、唸《うな》り声ばかりの状態に焦《じ》れて、ヨザックが事も無げに言う。

「どうせおやりになるんでしょ？」

朝練に参加するか訊《き》くみたいな調子で。

「ま、五人くらいなら不意打ちで何とかなるかもねー。二人だったらもっと簡単だけど」

「でもこっちは」

一旦《いったん》言葉を切って、薄《うす》明かりで二人の顔を眺《なが》める。数に入れていいんだよなコンラッド。もしこれがおれの予想どおりサラレギーの入知恵《いれぢえ》だとしたら、大シマロン政府だって阻止《そし》を命じるはずだ。

「三人だぜ？　しかも一人はおれ。長打力、戦闘《せんとう》能力共にゼロ……内野ゴロが精々だ。くそー、ヘッドスライディングすれば内野安打になるかな」

本当は全速力で駆《か》け抜《ぬ》ける方が早い。

「陛下に危険なことはさせられませんよ」

コンラッドが溜息《ためいき》混じりに言った。久し振《ぶ》りに見る、こうなると思ったという顔だ。

「だからといって御自分でされるというのを、止める権利もありませんけど……。人手に関しては、まあどこの国にも金で動く連中はいるはずです。うまく使えばそれなりの戦力にはなるでしょう。ああご心配なく」

眞魔国組の、おれたちお金無いよポーズに気付いて、ウェラー卿は懐《ふところ》を叩いた。

「公費がでてますから」

「大シマロンてお金持ちねー坊《ぼっ》ちゃん」

「ねー、グリ江ちゃん」

顔を見合わせ、戯《ふざ》けるおれとグリ江ちゃん。

「問題は言葉の壁です」

実は英語ペラペラだった身を以《もっ》てしても、聖砂国語は理解不能だ。つまりおれの魂《たましい》は、神族として生きた経験がないらしい。もっとも魔族《まぞく》の唱える輪廻《りんね》転生リサイクルリストに、神族が加盟しているかどうかは不明だが。

「参加！」

急に声を掛けられて振《ふ》り向くと、厚底眼鏡《めがね》の通詞氏が頬《ほお》を紅潮させて立っていた。白黴《しろかび》状の顎髭《あごひげ》が、興奮のためか逆立っている。

「参加を。ひとり、従兄弟《いとこ》」

「あの中に従兄弟がいるの？　そりゃ気が気じゃないよな。アチラさんは……ああ、お祖父《じい》さんお祖母《ばあ》さんがこっちのクラスの人なんだっけ」

とにかくこれで言葉の心配はなくなった、凄腕《すごうで》二人がいるとはいえ、相手の数を考えたら非力なチームだ。だからといってフレディとジェイソンを見殺しになど絶対にできない。

「その代わり、不可能だと判断したら即座《そくざ》に中止します。そこだけはご理解下さい」

「いいよ。でもきっと不可能じゃない」

いつもどおり、根拠《こんきょ》のない自信だ。腕《うで》を首の後ろに回し、遣《や》り取りを面白《おもしろ》そうに見ていたヨザックが、今にも頭をぶつけそうな天井《てんじょう》を見上げた。もちろん星はない。

「あーあ、雨天中止になんないですかねー」

せめて順延だったら、作戦を練る暇《ひま》もあったのに。

翌日は生憎《あいにく》の晴天だった。

当地で生活しているアチラが、こんなに晴れるのは珍《めずら》しいと感心するくらいに雲もなく、寒空に白っぽい太陽が高い。風は冷たく頬を刺《さ》すが、降り注ぐ光は冬にしては暖かい。そういえばこの国は現在冬だが、春の訪《おとず》れはあるのだろうか。

首都を歩く限りでは、民衆の格差や奴隷《どれい》制度などまるで感じない。美しい街並みと、満たされた表情の市民達。同じ色、同じ造りに統一された建築物と、髪《かみ》も瞳《ひとみ》も、おおよその服の色まで同じ人々。

賑《にぎ》わう商店、微笑《ほほえ》み、挨拶《あいさつ》し合う顔見知りたち。寄り添《そ》って歩く若い男女、気遣《きづか》い合って歩く老夫婦、真ん中に子供を挟《はさ》んだ幸福そうな家族。

完璧《かんぺき》だ。

何もかもが完璧過ぎて、ひょっとしておれは騙《だま》されているんじゃないかと不安になる。聖砂国で奴隷階級が虐《しいた》げられているなんてのは捏造《ねつぞう》された虚辞《きよじ》で、真実は目の前にあるとおり、誰もが幸福に暮らす平和な土地なのではないかと。金色の洪水《こうずい》に目眩《めまい》がした。

だがそんな想像はすぐに掻《か》き消された。細い通りから転がり出てきた子供が、美しく装《よそお》った女性の脚《あし》にぶつかったのだ。それから僅《わず》か三分弱の間に見せつけられた光景は、楽園にあってはならないものだった。

汚《よご》れた服を纏《まと》った子供は、薄暗《うすぐら》い路地に逃げ帰った。

血を流しながら。

おれもコンラッドもヨザックも、彼が無事に逃げおおせるよう祈《いの》り、胸の内で何度も謝りながら見守った。

明らかに異端《いたん》であるおれは、髪と瞳を隠《かく》すためにフードを目深《まぶか》に被《かぶ》り、俯《うつむ》き加減《かげん》で人混みに紛《まぎ》れている。白と金ばかりの土地ではただでさえ目立つのに、下手に動いてこれ以上人目を惹《ひ》くわけにはいかない。

こんな恰好《かっこう》をしているのは、ほんの一握《ひとにぎ》りの異国人だけだ。とはいえ、少数ながら出島から先まで足を延ばす商人もいてくれたお陰《かげ》で、雪の中の碁石《ごいし》状態にはならずに済んだ。

おれの動揺《どうよう》をよそに、街は何事もなかったかのように元に戻《もど》った。皆、慣れているのだろう。日常的に起こっている、ごく当たり前の出来事だという証拠《しょうこ》だ。こんな些細《ささい》な事件で息を呑《の》み、喉《のど》を渇《かわ》かしているのは自分だけなのかもしれない。

「まさかこの人混み、時間がきたら全員が処刑《しょけい》見物に押し掛けるんじゃないだろうな……会場は何処《どこ》だって？」

「中央広場です。見せしめですからね」

ヨザックの返事におれは舌打ちした。お袋《ふくろ》がいたら品が悪いと耳を弾《はじ》かれそうだ。

「そんな人目の多い所で……趣味《しゅみ》が悪いぜ、イェルシー」

欧州《おうしゅう》連合みたいな名前のくせに。あれはEUか。ヨザックが右頬を引き攣《つ》らせた。笑いを堪《こら》えているらしい。

「今更《いまさら》何を仰《おっしゃ》います坊ちゃん、ヴァン・ダー・ヴィーアじゃ大観衆の中心でモルギフ振り回した張本人が。あれだって歴《れっき》とした公開処刑だったんですよ。しかもまさに本日と同様、子供相手の。観客大喜び、絶賛の嵐《あらし》、興奮のあまり逝《い》っちまったじーさんまでいたじゃないですか。それを見事に坊ちゃんがぶち壊《こわ》しにしたんでしょう」

「そうでした。うわはー、おれに武器を持たせても、猫《ねこ》の耳に小便ほども役に立たないと証明してしまった」

動物愛護協会に睨《にら》まれそうな間違《まちが》え方だ。本当は何だっけ、猫にごはん？

「豚《ぶた》に珍獣《ちんじゅう》もありそうだよな」

どんなに空《から》元気をだしてみても、自分がどれだけ小心者でプレッシャーに弱いのか、誰《だれ》よりもおれ自身が一番よく知っている。本当は不安と焦燥感《しょうそうかん》で押し潰《つぶ》されそうだ。失敗したらどうする？　いや元々成功の見込みの薄《うす》い作戦だ、けれどももしおれたちがしくじったら、あの二人は目の前で処刑されるのか？　ジェイソンとフレディが殺されるのを、手を拱《こまね》いて見ることになるのか？

汚《きたな》い話だが、冗談《じょうだん》でも言って気を紛らわせていないと、胸がむかついて胃の内容物をぶちまけそうだ。朝食抜きで助かった。物資不足の結果だが、世の中何が幸いするか判《わか》らないものだ。

ウェラー卿《きょう》と通詞・アチラは少し前に、急募《きゅうぼ》した助っ人を配置に就《つ》かせるために離《はな》れていた。後の叱責《しっせき》が面倒《めんどう》だからか、ヨザックは借り物のマントの内でおれの肘《ひじ》を摑《つか》んでいる。触《ふ》れていた指に力が加わり、熱がいっそう伝わった。

「怒《おこ》ってますか」

唐突《とうとつ》に彼が訊《き》いてきた。顔は正面の噴水《ふんすい》を向いたままだ。臨時処刑場と決められた中央広場は、石畳《いしだたみ》の道を東へ二ブロックだ。全《すべ》ての建物は正確な同心円上に配されているので、道案内も簡単だ。

「何を？　なんだよ急に真顔になっちゃってグリ江ちゃん」

「オレのしたことを、怒ってます？」

「怒る理由がないだろ、もうずっと助けられてばっかりだ」

「そうじゃなくて」

プログラムされた時刻になったのか、一際高《ひときわ》い石柱から四方に水が噴《ふ》き出した。日射しを受けて小さな虹《にじ》が架《か》かる。真ん前に陣取《じんど》って待っていた女の子が、七色の幻想《げんそう》に喜んで手を叩《たた》いた。でもきみはこれから、人の死を知ることになるんだよ。おれは呟《つぶや》いた。親が良識派で、時間までに帰宅させてくれるのを願うばかりだ。

お庭番は水飛沫《みずしぶき》に目を遣《や》ったまま、やっと注釈《ちゅうしゃく》を入れてくれた。

「ヴァン・ダー・ヴィーアでのことです。オレの態度とか、行動とかです」

「ああ、最初は結構辛辣《しんらつ》だったっけ」

もう何年も前のように感じるが、実際にはそう月日は過ぎていない。地球時間では約半年という短さだ。その頃《ころ》からおれたちはシマロン絡《がら》みで、世界中を行ったり来たりしているのだ。

「まああれは仕方ないさ。おれも信用なかったたし。こんなガキがいきなり王様デースって現れたって、あっさり信じられるものじゃないよな」

実のところ現在だって大して変わってはいない。成長株ではなくて済まないという気持ちでいっぱいだ。おれの後ろめたさを知ってか知らずか、お庭番は硬《かた》い口調で続ける。

「それでもあれは主君への態度じゃなかった。ご存知ないかもしれませんが、オレはシマロンの活字が読めたし、どんな儀式《ぎしき》が催《もよお》されるかにも詳《くわ》しかった。なのに陛下を闘技場《とうぎじょう》に送り込んだんですよ。騙したも同然でしょう」

そうだったのか！　全然、まったく、さっぱりぽんと気付かなかったけど、バレるのも恥《は》ずかしいから黙《だま》って頷《うなず》いておこう。

「本来なら打ち首もんだ。魔族《まぞく》の処刑じゃ首は落としませんけどね。今思うと恥ずかしくて身悶《もだ》えしちまいますよ。ホントに……ほんとに申し訳ない」

「恥ずかしさ具合では引き分けってとこか」

束《つか》の間の幻想《げんそう》を見せてくれた噴水が終わり、石柱からは弱い水流が溢《あふ》れるだけになった。女

の子は母親と手を繋《つな》いで、石畳を東へと歩き始める。ああ、やっぱり。

「初対面の印象はどうでもね」

人波の流れが徐々《じょじょ》に東に向かっている。

「今は今だから。頼《たよ》りにしてるから。特に今回のミッションでは、小シマロンからずっと頼りにしっぱなしだから」

それに気付いていながらも、おれたちは二人ともまだ噴水の前に佇《たたず》んでいた。

「だから今更そんなこと明かさなくていいよ、ていうか寧《むし》ろ言われても困るって。あっ、それともおれの気を紛らわせようとして、わざと優《やさ》しい言葉を掛《か》けてくれてんの？」

ありがとな、グリ江ちゃん。おれは彼の立派な上腕《じょうわん》二頭筋を叩いた。布の上からでも羨《うらや》ましいような張りで、中身の詰《つ》まった良い音がする。

うん、肉体も満点だ。

「親父《おやじ》がよく頭抱《かか》えてるやつ、ほらあれだキンムヒョウテイ？　それ提出するのがおれだったら、あんたは今やオールAだよ。急に昔のことなんか反省しなくても大丈夫《だいじょうぶ》。あ、それともグウェンダルに説教でも喰《く》らわされたのか？　だったらおれが話を付けておくから」

「いーやあの人はできた上司ですから、オレを落ち込ませるようなこたぁ言わないです」

「じゃあコンラッドに……？」

「あんな裏切り者にどうこう言われる筋合いはないね。あ、やだわ坊《ぼっ》ちゃん、そんな困ったような顔しないでぇ、グリ江も困っちゃう」

普段《ふだん》はごく自然にチェンジするオネェ様口調だが、今のはあからさまな照れ隠しだ。彼が照れるなんて珍《めずら》しい。急転直下、これから雷雨《らいう》にでも見舞《みま》われるのだろうか。

「ただ謝りたかっただけなんです。ちゃんと言っておかなくちゃと思って」

そう言うとヨザックは妙《みょう》に晴れ晴れとした表情で、噴水から目を離《はな》しておれを見た。

「よかった、これで気が済んだ」

「気が済んだって、ヨザック」

灰色のフードの下から、オレンジの前髪《まえがみ》と半ば隠《かく》れた青い眼《め》が覗《のぞ》いている。有り得ないと一生懸命《しょうけんめい》言い聞かせつつも、ほんの僅《わず》かな不安を口にした。

「どっか行っちゃったり、しないよな」

「どこかって何処へ。元々オレは国外任務が多いですからね、ずっとお側《そば》にいるってわけにもまいりませんが」

「そうじゃなくて」

現実になるのが恐《おそ》ろしくて、その先は言葉にできない。彼までも目の前から消えてしまったら、もう誰の名前を呼べばいいのか。

「……そうじゃなくてさ……いや」

握《にぎ》った拳《こぶし》で瞼《まぶた》を擦《こす》った。

「何でもないよ」

「変な坊ちゃんー」

ヨザックはおれの肘から手を離し、背中を反らすようにしてケラケラと笑った。いつもの彼らしく、陽気に。腰《こし》じゃなくて後ろに剣《けん》背負ってると、抜《ぬ》きにくいのよねえとかぼやきながら。

時を告げる楽器が鳴り響《ひび》き、それまでゆっくりと歩いていた人々が、一斉《いっせい》に早足で東へと向かい始めた。行き先は二ブロック先の広場だ。今日は特別な催《もよお》しがあるから、見逃《みのが》すわけにいかない。おれの目には神族の市民達が、皆《みな》そう囁《ささや》き合っているように映る。

「あれ、ちゃんと持ちました?」

小声で訊《き》かれて頷《うなず》き、確認《かくにん》するように汗《あせ》ばんだ手をぎゅっと握り締《し》めた。指の間には使い古した紙と、それに包んだ粉の感触《かんしょく》。

助けるから。

低く、殆《ほとん》ど音にならないくらい低く呟《つぶや》いた。

必ず助けるから。

6

処刑《しょけい》の方法は地域や民族によって様々だ。

それを思い知らされたのは、急拵《きゅうごしら》えの木製の舞台上《ぶたい》で、今にも人生の終わりを迎《むか》えようとしている男達が、絞首台《こうしゅだい》を前にして財産分与《ぶんよ》に関する遺言を滔々《とうとう》と述べ始めたときだった。広場に収まりきらないくらい集まった観衆も、今着ている服の行方《ゆくえ》とか履《は》いているサンダルの落ち着き先とか、古女房《ふるにょうぼう》と再婚《さいこん》する権利なんて話を、当然のこととして聞いている。

近くに人間の商人がいて、彼の雇《やと》ったらしい通訳がこれまた懇切丁寧《こんせつていねい》に訳してくれるものだから、フレディとジェイソンを必死で捜《さが》しているおれにまで、脚《あし》の欠けたベッドの譲《ゆず》り先なんかが聞こえてしまう。いやもう、ベッドは誰《だれ》が持ってってもいいから。おかみさんは年下の男と再婚してもいいから。

二人目の男は声高《こわだか》に現政府への不満を叫《さけ》び始めた。聖砂国市民であるお隣《となり》の通訳は勿論《もちろん》これを訳してはくれなかったが、舞台上の役人がすぐに男の口を塞《ふさ》ぎ猿轡《さるぐつわ》を嚙《か》ませたので、大方の予想がついた。ふと見回すと周囲の女性がみんな、頰《ほお》を赤らめ顔を顰《しか》めている。

……あれ？　もしかして下ネタでしたか？

三人目の犠牲者《ぎせいしゃ》は肝《きも》が据《す》わっていた。

後ろ手に縛《しば》られ、首に縄《なわ》を掛けられてもなお、態度を変えることなく平然としている。人間でいえば四十過ぎの男性だが、喉《のど》や腕《うで》に骨の形が浮《う》くくらい痩《や》せていた。病んでいるのかもしれない。だからこそ死を目前にして平静を保っていられるのかも。

急場で拵えられたにしては舞台は頑丈《がんじょう》で大きい。組み上げられた木材は人の身長よりも高く、下にいる観衆がどんなに手を伸ばしても、刑に処せられる者には届かない。広さも六畳程《じょうほど》はあり、立場の異なる男が六人載《の》っても充分《じゅうぶん》に余裕《よゆう》があった。

広場の端《はし》、観衆の中でもより後方にポジションを構えたおれは、人々の頭を避《さ》けて爪先立《つまさきだ》ちになりながら、必死にジェイソンとフレディを探したのだが、舞台上のどこを見てもそれらしき影《かげ》はない。首に縄を掛けられているのは三十代、四十代の男が三人だけで、他《ほか》は制服姿の役人だ。

「いない」

これから引き出されるのかと運ばれてきた護送車も確認したが、屋根のない馬車は既《すで》に空っぽだった。

「おかしい。どこにもいない」

「直前で取り止《や》めになったとか？」

二人の顔を知っているヨザックも見つけられないようだ。真昼の日射《ひざ》しが辛《つら》いのか、目の上に片手を翳《かざ》している。見渡《みわた》す限り白に近い金髪《きんぱつ》ばかりだ、眩《まぶ》しいのも仕方がない。

「あの子達だけでも中止になったのなら……」

嬉《うれ》しい、と言いかけて慌《あわ》てた。なんて身勝手で冷酷《れいこく》なことを考えてるんだ！　壇上《だんじょう》には今にも殺されそうな男が三人もいる。知り合いだけ助かればいいなんて、声に出して読んではいけない感想だ。考えるだけでも顰蹙《ひんしゅく》。

「どうします坊ちゃん、作戦変更《へんこう》？」

ヨザックの質問に被《かぶ》さるように、壇上から聞き覚えのある曲が聞こえてきた。何も言い遺《のこ》さなかった三人目の男が、突然《とつぜん》歌い始めたのだ。王宮の前で星の印を描《か》いた子供や、ヘイゼルが口ずさんでいたあの曲だ。痩せ細った肉体からは想像もできない声量だ。おれには詞の意味が理解できないが、声は広場の隅々《すみずみ》まで響き渡《わた》り、その場にいた観衆を動揺《どうよう》させた。

ある者は不安げに顔を見合わせ、またある者は隣人《りんじん》を疑いの目で睨《にら》んだ。どんな歌詞が何故この市民達を困惑《こんわく》させているのかは判《わか》らない。それでも理不尽《りふじん》に殺される奴隷《どれい》の歌声は、見物人達の心を惑《まど》わせた。

「変更するつもりはない。けど」

時間が迫《せま》っている。ジェイソンとフレディを確認するまで待っていたら、他の三人を救えない。アチラさんと親戚《しんせき》が、作戦の口火となる騒動《そうどう》を起こす予定だった。

「急がないと……」

判る。

「大丈夫《だいじょうぶ》、まだ執行《しっこう》はされないよ。しっ！　振《ふ》り向かないで」

「ベネ……ヘイゼルさん？」

肩口《かたぐち》で囁かれたのは英語だった。抑《おさ》えた喋《しゃべ》り方で特徴《とくちょう》を消しても、地球人ならすぐに誰だか判る。

「皇帝《こうてい》陛下がお姿を現すまでは始まらないんだ。奴隷でなく、市民が、民衆が陛下の御《お》言葉を戴《いただ》いて、それからさ。袋《ふくろ》を被せて吊《つる》す。原始的で確実な方法だ」

肩のすぐ脇《わき》にベネラことヘイゼル・グレイブスの白髪頭《しらがあたま》があった。身体《からだ》は正面を向けたまま横目で見ると、昨夜とは全く異なる綺麗《きれい》な服を着ていた。裕福な老婦人みたいだ、そう、まるで奴隷達のリーダーではなく、催事《さいじ》を見物に来た市民のような姿だ。彼女は人を喰《く》った笑《え》みを浮かべた。

「怪《あや》しまれないように変装をね。ところで陛下はどうして此処《ここ》にいるんだい、女の子達はいなかったんだろう？」

「あなたこそ、どうして此処に……今朝になって決定が覆《くつがえ》ったとか？」

「朝方、ウェラー氏が説得に来たんだよ。手ぶらでね」

手ぶらで⁉　せっかく活動資金があるのに何故そんなことを。

「そして手を貸して欲しいと言ったのさ。金を積んで雇えばいいのに、わざわざ頭を下げに来たんだ。それを聞いた仲間達は、協力すると決めちゃってね。あの人は金持ちなんだから、貰《もら》える物は貰っとくべきだと、あたしは主張したんだけどね」

冗談《じょうだん》めかしてそう言って、ベネラは片目を瞑《つぶ》った。ウィンクなんてどれだけされていないだろうと、最近になって急に遡《さかのぼ》ってしまった記憶の扉を開きつつ思った。もしかしたら親父《おやじ》の仕事で渡米《とべい》していたとき以来かもしれない。彼女もどれだけ長い間していなかったろうか。でも酷《ひど》く嬉しそうで、沸《わ》き立つ心が伝わってくる。

「誤解しないで欲しい。同情したとかあんたたちの情熱に打たれたとか、子供が含《ふく》まれているから見殺しにできなかったとか、そういうことじゃない。ただ坊《ぼう》やの……陛下の話を聞いて、ジェイソンとフレディって子たちは後々使えると思ったから、こうして行動に移しただけだ。法術の使えない集団にとって、強い法力を持つ協力者はとても貴重だ。それに」

目尻《めじり》の皺《しわ》が深くなる。

「その他三人も、一応可愛《かわい》い仲間達だしね」

「なーるほどー？」

おれは節を付けて相槌《あいづち》を打った。本音を隠《かく》したい気持ちは解《わか》るが、今更《いまさら》そんなに冷徹《れいてつ》ぶらなくてもいいのに。

「じゃあ他にも助《すけ》っ人《と》が……」

「いいかい、そっちを向いちゃ駄目《だめ》だよ。あの露店商《ろてんしょう》のドーナツ売りも、キャンディ売りも砂糖菓子《がし》娘もそうだ」

「な、なんで甘いもんばっかなんだろう」

突然、さっきの歌とは異なる動揺で群衆がどよめいた。皆《みな》が顔を上げ、警備用の柵《さく》で守られた専用道路を無数の瞳《ひとみ》が見詰《みつ》める。拳《こぶし》を握《にぎ》って叫ぶための準備をし、退屈《たいくつ》そうにしている者は一人としていない。期待、憧憬《しょうけい》、歓喜《かんき》、その類《たぐい》の興奮だ。

「お出ましだ」

ヘイゼルの声にもある種の期待がこもっていた。但《ただ》しこちらは憧《あこが》れや親愛は感じない。試合を前に神経が高ぶるようなものだ。

金ピカ馬車で現れるというおれの予想は、もっと凄《すご》い形で裏切られた。聖砂国の若き皇帝は、可動専用シートで入場してきたのだ。つまり居ながらにしてそこが特等席というわけ。伝統文化的に呼べば祭りの山車《だし》、ファンタジックに言えば海の近くの王国でパレードしている車だ。花と金とで美しく飾《かざ》り立てられた二階部分に、少年皇帝はいた。焦《じ》れったいほど優雅《ゆうが》に右手を振っている。

「……流石《さすが》だ、おれなんかとは格が違《ちが》う」

ユビノマタコールで聴覚《ちょうかく》が変になりながらも、おれは妙《みょう》な点で感心した。二階建ての山車の天辺《てっぺん》で落ち着けるなんて、並大抵《なみたいてい》の神経ではない。

二・〇の視力を以《もっ》てしても遠すぎてはっきりとは見えないが、今日のイェルシーは髪《かみ》を後ろでまとめ、淡《あわ》いグリーンの衣装《いしょう》に鮮《あざ》やかな黄色のベルトをしているようだ。熱狂《ねっきょう》する市民に手を振り何事か言葉を掛《か》け、朗《ほが》らかに応《こた》えている。昨日会った時とは多少イメージが違うようだが、公務での顔と私室での顔を使い分けているのかもしれない。

両脇に警護の男が一人ずつ控《ひか》え、そして皇帝の座る椅子《いす》の背後には、どこからどう見ても怪しい、大きな荷袋《にぶくろ》が置かれていた。成長途中《とちゅう》の子供なら、二人くらい余裕で詰め込めるサイズだ。そいつが不意に動いた気がして、おれはぎょっとして瞬《まばた》きを繰《く》り返した。目の錯覚《さっかく》か、それとも山車が動いた震動《しんどう》で、袋が自然に揺《ゆ》れたのか。

両眼《りょうめ》を擦《こす》って見直してみる。なんだ気のせい……いや、また動いた！

「くそっ、こんな時こそ眞魔国野鳥の会推奨《すいしょう》・魔動《まどう》遠眼鏡『のぞ見ちゃん』があれば！」

「必要なときに無いのが『女王様の着想』製品で、欲しいときにいないのがいい男よ坊《ぼっ》ちゃん。男はそうやって妥協《だきょう》や諦《あきら》めってものを覚えていくのね。人これを、ま、いいかの法則と呼ぶ」

「全然よくねーよ。あっ」

荷袋の下から一瞬《いっしゅん》だけ、白くて細い棒のようなものが覗《のぞ》いた。脚《あし》かもしれない。

「まさか、ジェイソンとフレディだけ何らかの理由で遅《おく》れてて、あの袋に入れて運ばれてきたわけじゃあ……」

「可愛い女の子を袋詰めかい？　イェルシーというよりそれは、先代のアラゾンが好みそうなやり方だね」
ア、ラ、ゾ、ン？

「女帝の名だよ、イェルシーの母親。据《す》わりが悪いだろう？　なーんか一文字違う気がして。けど名前に反して冷酷な恐《おそ》ろしい女でね。アラゾンの統治中は仲間が酷い目に遭《あ》わされた。息子《むすこ》のほうが即位《そくい》したときには、奴隷階級全員が感謝したくらいだ」

悪いランプの精にでも取り憑《つ》かれているのだろうか。

「でもあの袋は確かに動いてる」

その時、唐突《とうとつ》に作戦は始まった。

当初の計画どおり、広場の西側の出口付近で小規模な爆発音《ばくはつおん》が起こった。これを口切りに、次々と爆発が続き、皇帝の登場に沸《わ》いていた民衆はパニックを起こして逃《に》げ場を探す。その混乱に乗じて処刑台《しょけいだい》に近付き、囚《とら》われの奴隷を解放しようという算段だ。単純で捻《ひね》りのない方法だが、変に凝《こ》るより成功の確率も高い。

ヘイゼルも身体を低くして駆《か》けだしていた。恐怖《きょうふ》を倍増させるのに一役買うべく、おれとヨザックもポケットにあった爆竹《ばくちく》にそっと火を点《つ》け、植え込みの中に投げ入れた。

「どうしようヨザック！　皇帝陛下の後ろの荷物が……」

「フレジェイだったら？」

直接的過ぎる部下の言葉に頷《うなず》きながら、この先の自分の役割を念のために訊《たず》ねた。身体は既《すで》に走る準備にかかっている。

「この先のおれの仕事って何だっけ？」

「ここでじっとしている」

「だよな、やっぱり。じゃあじっとしてたことにしといて！」

コンラッドが、ヘイゼルが、他の皆が気の毒な三人を救出しているうちに行くだけ行ってみて、こっそり様子を窺《うかが》えばいい。袋の中身がジェイソンとフレディでなかったら、作戦終了《しゅうりょう》までに元の場所に戻《もど》っていれば良いだけの話だ。

「んもうー、坊ちゃんたら。後で一緒《いっしょ》にウェラー卿《きょう》の小言喰らってくださいよ」

人の流れに逆らって、正面脇に停《と》められた山車まで辿《たど》り着くのは一苦労だった。ちらりと視線を向けると、奴隷《どれい》階級というよりは明らかに市民に近い服装の男が役人と兵士を殴《なぐ》り、囚人《しゅうじん》の首から縄《なわ》を外していた。順調に進行しているようだ。

騒動から皇帝を守る義務があるにも拘《かかわ》らず、イェルシーの特等席には先程《さきほど》の半数くらいしか警備がついていなかった。予想外の襲撃《しゅうげき》に、処刑者側に人員を割《さ》いているのだろう。お前等、囚人を奪《うば》われるのと陛下に危険人物が忍《しの》び寄るのとどっちが大事件よと、花壇《かだん》の中を形振《なりふ》り構《かま》わず這《は》いながら心密《ひそ》かに思った。

壁際《かべぎわ》の裏手に回ってしまえば、山車にしがみつくのはそう難しくもなかった。問題はその先だ。蛙《かえる》みたいに登り始める。飾りが多いのは幸いだった、全《すべ》て足掛かりになるからだ。それでも少しだけ、あの赤いスーツの節足動物ヒーローだったら良かったのにと考えた。手から糸が出ればどんなに楽だろう。

二階部分に辿り着くと、おれは見咎《みとが》められないように慎重《しんちょう》に、目の高さまでをそっと覗かせた。警護の兵士の脚と、その手前に例の荷袋がある。

目を凝らすと袋はやっぱり動いていた。但し遠くから見えるほど大袈裟《おおげさ》にではなく、今は細かく震《ふる》える程度に。布の隙間《すきま》から細く白い足首も見える。

「……人だ。やっぱり見間違いじゃなかったんだ」

「大きな子猫《こねこ》ちゃん満載《まんさい》の福袋ってわけでもなかったんですね」

それもどうだろう。

お庭番はおれと違って、次の行動に迷ったりしなかった。

音も立てずに二階に飛び移り、警護の兵士に当て身を喰《く》らわす。抜《ぬ》きにくいだの何だのぶつぶつ言っていた剣《けん》の柄《つか》で。

そして一拍《いっぱく》も無駄《むだ》な動きをせずに、灰色の荷を袋ごと摑《つか》み、掛け声と共に担《かつ》ぎ上げた。

その時になってやっと皇帝《こうてい》陛下が、曲者《くせもの》の侵入《しんにゅう》に助けを呼ぼうと椅子から立つ。おれも慌《あわ》てて特等席によじ登った。両手が塞《ふさ》がっているヨザックの代わりに、イェルシーをどうにかしなくてはならない。

口を押さえるとか、拘束《こうそく》するとか。しまった、粘着《ねんちゃく》テープの持ち合わせがない。

ところがイェルシーは叫《さけ》ぶどころか、フードを目深《まぶか》に被《かぶ》ったおれを怪《あや》しみもせずに言った。

「やあ、ユーリ」

薔薇《ばら》の蕾《つぼみ》が綻《ほころ》ぶように笑って、淡いグリーンの袖《そで》で口元を押さえた。

「やっぱり来たね。必ず戻ってくると思っていたんだ」

背筋を冷たい汗《あせ》が流れた。

この顔、この声、強い黄金の瞳の色、服も何もかも皆そっくりだが、彼は……。

「まさか」

おれは掠《かす》れる声を振《ふ》り絞《しぼ》った。彼はイェルシーではない。

「サラレギー、なのか？」

若き聖砂国皇帝イェルシーが、こんなに流暢《りゅうちょう》に共通語を話すわけがない。

7

彼等兄弟と揉《も》めてから、まだ丸一日も経《た》っていない。

一緒に旅をしてきたサラレギーと聖砂国で我々を待ち受けていたイェルシーが兄弟だと知り、あまつさえその陰謀《いんぼう》に巻き込まれ、国の命運を握る書状にサインを迫《せま》られてから、まだ一昼夜も過ぎていないのだ。

「サラレギーなのか⁉ 入れ替《か》わって……ええ⁉ 何でだよ、どうしてお前がこの国の皇帝の椅子に」

あのよく似合っていた眼鏡《めがね》さえなければ、元々彼等の違《ちが》いは髪《かみ》の長さと服くらいのものだ。あとはどちらかといえば弟のイェルシーのほうが、より人形めいてはいたが、そんなのは誤差の範囲《はんい》だろう。

此処《ここ》にいるのは聖砂国皇帝イェルシーではなく、小シマロン王サラレギーだ。彼の演技力をもってすれば、余人を欺《あざむ》くことなど容易《たやす》かったに違いない。

外《はず》せない石を塡《は》めたままの小指が疼《うず》いた。

落ち着け、この法石を使いこなしていたのは弟のイェルシーだ、兄のサラレギーではない。

サラは法術が使えないから、生まれた国を追われたんだ。だからこの痛みは、惰弱《だじゃく》なおれの精神からくる錯覚のはず。

「大袈裟だね、ユーリ」

サラレギーは綺麗《きれい》な服の袖をひらつかせ、両手を広げた。そっくりだ。まったく、これだから神族ってやつは。

「単なるお遊びだよ、ユーリ。双子《ふたご》なら一度は入れ替わってみたいよね。だってそれが同性の双子に生まれた味わいというものじゃない？　十年以上会っていなかったのだから、多少のお遊びは許されると思って」

「……人の処刑が遊びだって言うのか」

「される方は必死かもしれないけれど、見物する側にとっては娯楽《ごらく》でしょう？」

だったらされる側に回ってみやがれ。

憎《にく》らしいほど整った顔で可愛《かわい》らしい含《ふく》み笑いをしながら、邪悪《じゃあく》な少年王は下界を眺《なが》めた。

「王という身でありながら、わたしは処刑をじっくり見たことがなくて。だからイェルシーの提案を受け入れて、高みの見物を決め込もうとしていたんだ。弟は幼い頃《ころ》から何度も立ち会っていて、もう見飽《みあ》きたと言うからね。ああそこの、ウェラー卿ではない方のお供の人」

綺麗に磨《みが》かれた桜貝みたいな爪《つめ》を、彼はうちのお庭番に向けた。

「その袋は下ろしてやってくれるかな。中身は王宮の女官《にょかん》見習いだから」

「なんだって⁉」

　地上の兵士に見咎められないように身を低くしていたヨザックは、おれの叫びより先に荷物を下ろし、布を剝《は》いだ。中からは見知らぬ少女が二人現れる。髪と眼《め》の色以外にはどこも似ているところはない。姉妹《しまい》でさえないのだろう。

「騙《だま》したのか」

「ええ？　何を言っているのユーリ、あなたの捜《さが》し人が袋を被せられてここに置かれているって、誰《だれ》かがあなたに教えたの？　もしそうだとしたらとんでもない偽《にせ》情報だ。気の毒に、あなたはその情報提供者に騙されたんだよ」

　心から同情するような素振りで、サラレギーは整った眉《まゆ》を顰《ひそ》めた。誰もおれにそんな情報は伝えていない。例によって勝手な判断で突《つ》っ走り、いつもどおりまた派手に転んだ、ただそれだけだ。

　では本職のスパイ、協力者アチラの持ち込んだ情報はどうか。期日時刻とも正確に、処刑《しょけい》は行われるところだった。真下の広場で繰《く》り広げられているぶつかり合いがなければ、男達三人は確実に命を断《た》たれていただろう。

　けれどどこの場所に、あの子達の姿はない。いないことを幸いだと喜ぶべきか。

「リストに……名前が……」

「ああ、神族にしては珍《めずら》しい名前の子供だね！」

旅仲間だった少年王は、細い頤《おとがい》の前で両手を打ち合わせた。

「此処にはいないよ。遠方の施設《しせつ》にいるのだけれど、とても連れてくる時間はなかった」

「どういうことだ？」

サラレギーの鈴《すず》を転がしたみたいな声に対して、押し殺したおれの口調はどんなに悪人じみていることか。事情を知らない人間が傍《はた》から見れば、十中八九立場を読み違えるだろう。

「船の中で耳にした名前を書き加えたんだ。だってこうすれば、ユーリ、あなたは必ず戻ってくると思ったから」

それから彼は、大切な目的はあまり大きな声で話しては駄目《だめ》だよとくすくす笑った。愚《おろ》かな獲物《えもの》が罠《わな》にかかって、この上もなくご機嫌《きげん》だ。

「ね、やっぱりあなたは帰ってきたでしょう？」

その白い頬《ほお》を思い切り張り飛ばし、怒鳴《どな》りつけてやりたい。あの子達は何処《どこ》だと、胸《むな》ぐらを摑んで揺《ゆ》さぶりたい衝動《しょうどう》をおれは必死で抑《おさ》えていた。殴《なぐ》る価値もないと何度も自分に言い聞かせた。

「引き上げましょう！」

だからヨザックの進言にもすぐに従おうとした。瞬間《しゅんかん》的に眼下に目をやると、我先にと逃《に》げる観衆に紛《まぎ》れて、周囲に溶《と》けこみそうな色の布を被った囚人《しゅうじん》が、支えられて走るのが見えた。ヘイゼルとコンラッドの姿もある。ほんの一瞬でどうしてそこまで確認《かくにん》できたのかは判《わか》らない。

お庭番は返事を待たず、腕《うで》を摑《つか》んで抱《かか》え上げかけた。自分で降りられると、それに抵抗しようとした時だ。

視界の端《はし》を白い筋が横切り、名前を呼びかけていたサラレギーの声が途切《とぎ》れた。

「……ユー……」

リという音が出てこない。

覚えのある状況《じょうきょう》だ。見ないほうがいい、厄介《やっかい》なことになる、絶対に見ないほうがいいと頭では理解しているのに、経験から学ぶのが苦手なおれは我慢《がまん》できずに振り返ってしまった。

淡《あわ》いグリーンの服の中央に、矢が突き立っている。

あの時と同じだ。ただ今回は標的が異様にはっきりしていた。おれの身体《からだ》など掠めもしなかったのだ。

身体中の血が全《すべ》て地面に吸い込まれるような、恐怖《きょうふ》の瞬間に襲《おそ》われた。また目の前で人が射《う》たれたのだ。おれのすぐ隣《となり》で、原始的な武器に射貫《いぬ》かれた。

「……ヴォルフ……」

違う。

ヴォルフラムじゃない。

強く頭を振り、フードの上から髪を摑んだ。しっかりしろ、渋谷有利。ヴォルフは此処にいない。撃たれることも傷つくこともない。動揺《どうよう》するな、狙《ねら》われたのはサラレギーだ。

当の怪我人《けがにん》はよろめきこそしたものの、両脚《りょうあし》を踏《ふ》ん張り立ったままで、気丈《きじょう》にも自らの手で矢を引き抜こうとしていた。うまくいかずに舌打ちをする。見た目よりもダメージは少ないようだ。おれは無意識に彼に飛び掛《か》かり、華奢《きゃしゃ》な身体を床《ゆか》に押し倒《たお》した。

「立つなよ、危ないだろッ!?　狙われてるんだぞ。ああ、無理に抜くな！」

「何故《なぜ》？　こんな不愉快《ふゆかい》な物、身体に触《ふ》れさせておくのは絶対にいやでしょう？」

「無駄《むだ》に出血したら……」

聞く耳を持たず、サラレギーはおれを押し退《の》けて細工物の矢を胸から引き抜いた。真っ白だ、血液は付着していない。彼の運の強さを見せつけられた気がする。

「陛下、そんなもん助けなくていいじゃないですか！」

やっぱり伏《ふ》せていたヨザックに、足首をぎゅっと掴まれる。

「でも」

広場は周囲をぐるりと建物で囲まれている。どの窓から射られたにせよ、狙撃者《そげきしゃ》を確認するのは不可能に近い。それどころか第二波の可能性もある。早くこの場を去らないと。

「でもこいつ、あの子達の居場所を知ってるんだ」

グリエは忌々《いまいま》しげに、矢を握《にぎ》り締《し》めたままのサラレギーに視線を遣《や》った。

「まったく……っ！」

それから素早《すばや》く空の荷袋《にぶくろ》を掴み、少年王の細い身体を手荒《てあら》に突っ込んだ。

「ヨザック⁉」

口を捻《ひね》って肩《かた》に担《かつ》ぎ上げる。

「後でちゃんと証言してくださいよ、オレは反対しましたからねっ。さあ早く！」

山車《だし》の梯子《はしご》を降り様に振《ふ》り返ると、昼下がりの中央広場には似付かわしくない重装備の小隊がこちらに向かって来ていた。しかしその先鋒《せんぽう》に立つ兵士の顔が、この世のものではないように見えて、思わず梯子を掴み損《そこ》ねる。

「……死体？」

ゾンビとかリビングデッドとか、呼び方は幾《いく》つもある。しかし見た目は皆《みな》同じ、壊《こわ》れかけのレディオならぬ腐《くさ》りかけの人体。そいつらが武器を持ち、鎧《よろい》を纏《まと》って進んでくる様は、ある意味非常に剣《けん》と魔《ま》法《ほう》のファンタジー世界っぽい光景だった。いや最近では、二十一世紀のロンドンあたりにも出没《しゅつぼつ》しているか。

「死体だ、腐った死体が武装して動いてる！」

「まさか。坊《ぼっ》ちゃんたら、冗談《じょうだん》は男の趣味《しゅみ》だけにしてくださいよ。そんなおぞましい生き物、眞魔国にだっていませんや」

骨はいるけどね。

「でも本当に……」

「でもマチョもありません、グリ江《え》のために見なかったことにして！」

「そ、そうしよ」

最後の一段を終えて地面に足がつくと、おれはやっと大きく息をついた。今までろくに呼吸をしていなかったような気がする。合流地点へと走るために、肺いっぱいに酸素を吸い込むと、確かに腐臭《ふしゅう》が混ざっている。

何かが起こっているのだ。

おれたちの知らないところで、何かが。

8

新しい荷物の中身を知った途端《とたん》に、ウェラー卿《きょう》は唖然《あぜん》とした。流石《さすが》の彼もここまでは予測していなかったらしい。

「聞くんじゃなかった……」

彼は前髪《まえがみ》を掻《か》き上げて、剣胼胝《けんだこ》のある掌《てのひら》で右眉の傷に触れた。初めて目にする「こんなことになろうとは」と言いたげな表情だ。

「ヨザック、お前がついていながら」

コンラッドに険しい顔で睨《にら》まれて、ヨザックはわざとらしくおれの後ろに隠れた。

「約束でしょ坊ちゃん、ちゃんと弁解してくださいよぉ」

「うん、だからつまりそのーグリ江ちゃんじゃなくておれが」

最後まで聞かずにコンラッドは、驚《おどろ》くべき行動に出た。

彼は荷袋を必要なだけ開けると、サラレギーが声を発する間も与《あた》えず猿轡《さるぐつわ》を噛《か》ませ、先程《さきほど》まで緩《ゆる》く捻ってあっただけの口の部分を、改めてぎゅっと縛《しば》ったのだ。

「こ、コンラッド？」

常識派で人権派の彼からは信じられない暴挙だ。

キレちゃったのかとビビるおれに、コンラッドは得意の爽《さわ》やか好青年風の笑顔《えがお》で応えた。しかし眼《め》が笑っていない。

「なかったことに」

「そういうわけにはいかないよ。おれがヨザックに頼《たの》んだんだ。サラはジェイソンとフレディの居所を知ってるから」

「だからといって彼等に知られるわけにはいかないでしょう」

コンラッドはおれの肩越《ご》しに、ベネラと仲間達に視線を走らせた。銀を散らした虹彩《こうさい》が僅《わず》かに翳《かげ》る。

「イェルシーと区別が付かないし、双子《ふたご》の兄が訪問していると知る者も少ない。それに何より彼女達の顔とこの場所を覚えられでもしたら、迷惑《めいわく》がかかります」

彼の言うとおりだ。

以前の皇帝《こうてい》が壊滅《かいめつ》させたという地下都市の存在はイェルシーも知るところだろうが、活動者の名前や顔は、まだ当局に洩《も》れていないはずだ。特に城内で働く協力者などは、サラに顔を見られれば致命的《ちめいてき》だ。間者として二度と使えないばかりか、本人の身も危険に曝《さら》される。

ヘイゼルの言葉を信じるならば、サラレギーを射たのは彼女の手の者ではないということだった。

そもそも多くの人々は、可動式特等席で現れるのはイェルシーだと思っていたのだ。では弓を向けられたのはサラレギーではなく、イェルシー皇帝陛下ということになる。これは歴《れっ》とした暗殺未遂《みすい》事件だ。

元々彼女と抵抗者《ていこうしゃ》の仲間達は、武力での解決を望んではいない。皇帝が一人崩御《ほうぎょ》したからといって、国家の体制が大幅《おおはば》に変わるとは考え難《がた》いからだ。それよりも自分達の惨状《さんじょう》を広く世に知らしめて、国際社会の介入《かいにゅう》を待つ方を選んだ。だがもしも仲間の内に武闘派《ぶとうは》がいれば、楽園に辿《たど》り着くかどうかも判《わか》らない船を延々と送り続けたりはせずに、奴隷《どれい》階級の人数に任せてもっと早く武装蜂起《ほうき》していただろう。

血生臭《ちなまぐさ》い話だが、農具だって時には刃《やいば》にもなる。

ヘイゼルの説明は至極《しごく》ごもっともで、信用に足るものだった。しかし彼女は回答の終わりに、妙《みょう》に気になる一言を加えるのを忘れなかった。

「標的は兄と弟、どっちだったんだろうね」

おれにも判らない。

我々は昨夜教えられた地下通路の中程まで戻《もど》り、追っ手を撒《ま》いたのを確認《かくにん》して、ようやく胸を撫《な》で下ろしたところだった。間一髪《かんいっぱつ》で危機を逃《のが》れ、救出された三人は、仲間達に次々抱《だ》き締められて、涙《なみだ》を隠《かく》すことなく喜び合っている。

けれどその中に、あの子達の姿はない。それでもおれたちは失望を頭から振り払《はら》い、助かった人々を心から祝福した。力になれて良かった。

新たな火種を持ち込んでしまった気もするが。

「このまま必要な情報だけを聞きだして、袋《ふくろ》ごとどこかに置いてくるしか……まったく」

燃えないゴミの違法投棄《いほうとうき》みたいな扱《あつか》いを提案しておきながら、彼はまた大きな溜息《ためいき》をついた。

「まったく、一国の王を袋詰《づ》めにして拉致《らち》するなんて」

ギュンターなら疾《と》うの昔に汁を飛ばして喚《わめ》き立てていそうだ。続けるうちにコンラッドの口元は次第《しだい》に弛《ゆる》み、喉《のど》の奥で押し殺すように笑い始める。

「だ、大胆《だいたん》なことをするようになりましたね」

「笑うなよ、こっちは真面目《まじめ》なんだぞ」

「失礼、それにしてもっ」

ついには身体《からだ》を二つに折り、声を立てて笑った。それでも彼がこんな風に笑うのはどれだけ久し振りか判っていたから、ネタにして貰《もら》えただけでもありがたい。

「ひでぇ。詰めたのはおれじゃないよ、グリ江ちゃんだぞ!?」

「あっまたそうやってグリ江に責任を転嫁《てんか》するー。でもちょっといい気味でしょ、ね？」

お庭番は同意を求めて目を細めた。何しろサラレギーには、小シマロンを出てからこれまでの間に、あらゆるタイプの酷《ひど》い目に遭《あ》わされている。箇条《かじょう》書きにしたらレポート用紙が足りないくらいだ。そもそもおれを聖砂国に連れてきたのだって、大掛《おおが》かりな誘拐《ゆうかい》みたいなものだ。

報復という考え方は道徳に反するが、ちょっと格好良く横文字で表現してみたらどうだろう。リベンジ。赦《ゆる》されそうな気がしてきたぞ。

「あの子達の行方《ゆくえ》ですが」

漸《ようや》く衝動《しょうどう》の治まったコンラッドが、爪先《つまさき》で袋をつつきながら切り出した。

「あの三人はジェイソンとフレディの名前さえ知りませんでした。三人とも首都から最も近い施設《しせつ》に隔離《かくり》されていて、急遽決《きゅうきょ》まった処刑《しょけい》のために連行されて来たようです。他の施設の収容者には詳《くわ》しくないみたいですね。いずれも劣悪《れつあく》な環境下《かんきょうか》にあることだけは、容易に想像がつきますが。どんな状況《じょうきょう》かは……とてもお教えできません」

「嫌《いや》な話だな」

おれも爪先で袋を弄《いじ》くりながら頷《うなず》く。

「あんな幼い子達がそんな所にいるのかと思うだけで辛《つら》いよ、胸が痛む。歳《とし》なんかグレタと大して変わらないんだぜ。そりゃうちの子も……色々ありはしたけどさ」

「よーし、じゃあ弟の代わりにこいつをしばいておきます?」

ヨザックが袋を蹴《け》り飛ばした。やり過ぎだ。

「よせよ、やり過ぎ。そんなんしたら虐待《ぎゃくたい》になっちゃうって。小シマロンはともかく、聖砂国に関してはサラに責任ないんだから」

幼馴染《おさななじ》みコンビは息の合ったタイミングで、また呆気《あっけ》にとられた顔をする。

「あなたを二度も殺そうとした男ですよ」

「でも、おれを二度も殺し損ねた奴《やつ》だよ？」

二度あることは三度あるのか、それとも三度目の正直となるのかは神のみぞ知る、だ。だが彼が二度も失敗してくれたお陰《かげ》で、おれの劣等感《れっとうかん》は半減した。幼い頃《ころ》から英才教育を受け、帝王学《ていおうがく》を身につけ、王になるために生まれてきたサラレギーが、あんなに完璧《かんぺき》な少年王が、そこらの野球好き高校生を二度も仕留め損ねるなんて。

小シマロン王もそう大したものじゃない。そう思うようになったのだ。

何を転じて福となすかは、禍《わざわい》に遭ってみるまで分からないものだ。

「フォンビーレフェルト卿の件だけは、許し難いけどな……やっぱ蹴っとこうか」

それはお兄ちゃんにお任せするとしよう。


城から逃れてきたおれたちには身を寄せる宿もなく、昨夜案内された赤い部屋で過ごすしかなかった。奪還《だっかん》作戦で疲《つか》れ切った体を休めるには、地下都市の地面は冷たく硬《かた》過ぎたが、何せこちらは異国の地で逃亡《とうぼう》の身。雨露《あめつゆ》と寒さが凌《しの》げる乾《かわ》いた場所があるだけでも、人の情けに感謝しなければならない。

幸い地下は、夜風に曝される地上よりも暖かかった。それにここなら火を焚《た》いても、兵士に見咎《みとが》められる恐《おそ》れはない。ずっと離《はな》れた通気孔《こう》から僅かな煙《けむり》が立ち上るだけだから。

寝袋《ねぶくろ》とは名ばかりの毛布らしき塊《かたまり》を借り受けて、おれたち三人は火を囲んで横になった。追っ手に見つかる可能性も低いので、夜通しの見張りも必要なかった。逃亡生活の皮切りとしては、幸先《さいさき》のいいスタートだ。

両脇《りょうわき》からの規則正しい寝息を聞き、コンラッドとヨザックが眠《ねむ》っているのを確かめてから、おれは二人を起こさないようにそっと抜《ぬ》け出した。足音を忍《しの》ばせて袋に近付く。中身も眠ってしまっているのか、ぴくりとも動かない。

用心深く袋の口を解《ほど》く。これまた随分《ずいぶん》ときつく縛《しば》ったもんだ。

「……サラレギー？」

「悪いな、寒いだろ」

必要最低限の広さだけ開けて、埃《ほこり》っぽい毛布を突《つ》っ込んだ。幼い頃から王宮暮らしの彼が、こんな物で我慢《がまん》できるとは思えないけれど。いっそ貴族や王族の教育プログラムに、体験学習として庶民《しょみん》の暮らしを入れておくべきだ。一億総庶民である日本育ちのおれには、関係のない話だが。

ついでに猿轡《さるぐつわ》も外してやる。ヘイゼルたちは日暮れと共にそれぞれの住処《すみか》に戻って行ったから、喋《しゃべ》ったところで荷物の素性《すじょう》がばれる心配もない。それにこの部屋でどんなに叫《さけ》んでも、地上までは届かないだろう。

「……っぷは、あー」

「しーっ静かに。二人が寝てる」

人差し指を口に当ててみせる。明かりを近付けてみると、流石《さすが》に疲弊《ひへい》した様子のサラレギーが膝《ひざ》を抱《かか》え、胎児《たいじ》みたいに丸くなっていた。気の毒になり、袋を引き下ろして上半身を自由にしてやる。

「サラレギー」

「あなたの部下は酷いな」

少年王は身を起こし、細い手で腰《こし》をさすった。

「強く蹴られた」

「そりゃ悪かった。でもおれたちがお前……きみに、良い感情なんか持ってるわけがない、判《わか》ってるだろ?」

「でも、酷いな」

自分のことを棚《たな》に上げてもう一度繰《く》り返してから、頬《ほお》に掛かった後《おく》れ毛を白い指で払《はら》う。まとめていた髪《かみ》がかなり乱れていた。眼鏡《めがね》は要《い》らないのかと訊《き》きかけてから、視力矯正《きょうせい》のためではなかったのを思い出す。

「なるべく早く城に帰すよ、ていうかどっかお城の近くに放置してくるよ。噴水《ふんすい》の真ん中にでもね。大丈夫《だいじょうぶ》、すぐに発見してもらえるさ。賓客《ひんきゃく》が行方不明になったんだ、それも皇帝《こうてい》陛下の実の兄がね。騒《さわ》ぎにならないはずがない。下手したらもう街中が捜索《そうさく》隊でいっぱいかもしれないし」

「どうかな」

小シマロンの少年王は、儚《はかな》い様子で首を傾《かし》げた。男女問わず。彼の本質を知らない相手なら、今の所作で七割方は母性本能に目覚めてしまうだろう。

「だって、賓客といったって殺されかけたばかりの男だよ？」

「誰《だれ》に狙《ねら》われたかは判ってんのか」

彼が首を振《ふ》るたびに、白にも近い金髪《きんぱつ》が頼《たよ》りなく揺《ゆ》れる。

「さあ。この国でのわたしの知名度なんてたかが知れている。遠くから射るなんて不確実な方法でわざわざ殺そうとする相手なんて、想像もつかないな。国内の政敵なら、すぐに幾人《いくにん》か挙げられるけれど」

「それもへこむ話だな……」

そう、サラレギーはつい先日、自分の名を冠《かん》した軍港で命を狙われたばかりだ。よりによって腹心の部下であり、小シマロン王の忠実な飼い犬とまで称《しょう》された男に。その時は彼のマントとフードを着けたヴォルフラムが、危《あや》うく犠牲《ぎせい》になるところだった。あの瞬間《しゅんかん》を思い出しただけで震《ふる》えが走る。

「ひょっとしたら、わたしを狙ったのではないかもしれないけれどね」

「え……」

「だってそうでしょう、ユーリ。此処《ここ》はイェルシーの国であって、わたしの国ではない。広場で開かれる行事に現れるとしたら、皇帝である弟だ。ましてやわたしと彼が入れ替《か》わっていたことなど、誰も知らないに等しい。しかもわたしたちは、見分けが付かないくらいそっくりだしね。わたしとこんなに親しいあなただって、言葉を交《か》わすまでは判らなかったでしょう？」

「う、親しいって」

言葉に詰《つ》まった。サラレギーの辞書では、殺し合ったり憎《にく》まれたりの関係を「親しい」というのか。理解できない広辞苑《こうじえん》だ。

しかし彼自身も、自分は弟の身代わりになったのかもしれないと気付いてはいたのだ。常に自分中心主義のサラレギーだから、そんな可能性など微塵《みじん》も考えないかと思っていた。

「ああ見えてイェルシーも敵が多いようだし……当たり前だよね、一国の、それも広大な土地と民《たみ》を持つ国の主《あるじ》なのだから、慕《した》う友もいれば疎《うと》ましく思う敵もいる。ユーリ、あなただってそうでしょう？」

「え？　や、どうっ、かなー。そうっ、かもなー」

突然《とつぜん》話を振られて口ごもる。多くの場合サラレギーは、王様同士という前提の下《もと》に話そうとする。けれど彼とおれとでは立場が異なりすぎて、素直に頷《うなず》けないケースが殆《ほとん》どだ。政敵に関する危機感も、恐らく必要なことなのだろうが、現在のおれにはピンとこない。

寧《むし》ろおれにとっての危険人物といえば、大小シマロンとその国主達なのだ。

そして今まさに「危険！　要注意人物名簿《めいぼ》」のトップに記載《きさい》されている人物が、荷袋に半ば包《くる》まれて目の前にいる。日本には、いや多分世界各国に「物は使いよう」という成句があるが、この見た目と精神に大きなギャップのある美少年王をうまく利用して問題の解決を図《はか》れば、ヨザックだって担《かつ》いで走らされた甲斐《かい》もあるというものだ。

「わたしをどう使おうか考えているね」

おれは言葉に詰まった。

策略家は他人の心を読む能力にも長《た》けている。サラレギーはどこか嬉《うれ》しげに訊いてきた。炎《ほのお》に照らされて血色良く見えるせいで、おれが勘違《かんちが》いしているだけだろうか。

「わたしを無事に帰すのを交換《こうかん》条件にして、あの条約を書き直させるつもりかな？」

「そんな人質《ひとじち》みたいなことするか」

「人質のつもりではなかったの？」

心底驚《おどろ》いたという顔だ。自分の命を品物みたいに扱《あつか》われることに、抵抗《ていこう》を覚えないのだろうか。それとも幼い頃《ころ》から王太子として育ったから、こういう事態にも慣れているのか。

「聖砂国皇帝の弱みを握《にぎ》るために、わたしを攫《さら》ったのだと思っていたのに！　イェルシーにすげなく断られて、予想外の事態に茫然自失《ぼうぜんじしつ》のあなたを間近で見られると、心密《ひそ》かに楽しみにしていたのに！」

「何だよそりゃ⁉　助けてやったんだろ？　そっちがどう思おうと一応助けたつもりだぞ……ていうかちょっと待て。断られんの？　現皇帝の実の兄なのに、すげなく？」

そんな意外な展開の誘拐《ゆうかい》事件は聞いたことがない。勿論《もちろん》これは誘拐などではないんだけど。

「その可能性もあるよ。特にあの母上が介入《かいにゅう》してきたら、わたしなど見殺しにされる確率の方がずっと高い。母上はわたしがお嫌《きら》いだからね。お加減が悪くて助かった」

厄介《やっかい》払いができてちょうど良かったとお思いかもしれないと、笑い声混じりに言う。寂《さび》しげな様子は全くない。

「具合が悪いのが嬉しいのかよ？　そんな馬鹿《ばか》な。親子なんだろ」

「この世にはね、ユーリ。互《たが》いに情のない親子というものが存在するんだよ。そういう意味ではわたしたちはとても良く似ている」

「とても信じらんねーな、それに」

納得《なっとく》させるのを諦《あきら》めて、おれは両肩《りょうかた》の力を抜《ぬ》いた。首の筋肉が解れる瞬間に、引き攣《つ》るみたいな痛みが走る。

「人質をとって、脅《おど》して結んだ関係なんか、長続きしやしないさ」

「そうかな、わたしならうまくやれるけど。おや……」

右手に触《ふ》れられる。反射的に引っ込めようとしたのだが、存外強い力で摑《つか》まれて叶《かな》わない。サラレギーはおれの小指を火に翳《かざ》して眺《なが》めた。

「わたしの贈《おく》り物だ、まだ外していなかったんだね。もうとっくに指ごと切り落としたかと思っていたのに」

「決めつけるなよ、おれの指だ」

桜貝みたいに磨《みが》かれた爪《つめ》が、同じ色の華奢《きゃしゃ》な輪をそっと辿《たど》る。表面に彫《ほ》られた蔓薔薇《つるばら》といくつもの太陽を確かめるように。肘《ひじ》の内側に鳥肌《とりはだ》がたった。

「母上がこの指輪にどんな想《おも》いを籠《こ》めたか知ってる？」

知るわけがない。裏側に書かれた文字は読めなかった。直前に確かめられたのは、毒針の飛びだす仕掛《しか》けがありはしないかくらいだ。おれはお袋《ふくろ》の通販《つうはん》のカタログでよく見る言葉を口にした。遠距離《えんきょり》恋愛《れんあい》とは質《しつ》が違うが、相手を想う気持ちは同じはずだ。在り来たりだけど胸を打つフレーズ。

「……離《はな》れても心は一緒《いっしょ》、とか？」

「ユーリ、あなたは本当に可愛《かわい》らしいね！」

また突然、サラレギーはおれに抱《だ》き付いた。以前からスキンシップの過剰《かじょう》な十代だったが、弟という絶好の相手ができても、他人に抱き付くのはやめないらしい。火の向こうでカチリと金属の音がした。どちらかが、或《ある》いは二人同時に剣《けん》に手を掛けたのだ。それに気付いていながらわざと、首に回した腕《うで》の力を強める。耳元で唇《くちびる》が動いた。

「それはね、呪《のろ》いだよ」

汝《なんじ》を待つは、闇の扉ばかり。

「母からの言葉が彫られているんだ。わたしが二度とこの国に、この大陸に近付かぬように戒《いまし》めた、とても強力な呪詛《じゅそ》の言葉だ」

「お前、そんな指輪をおれにっ」

おれはサラレギーの身体《からだ》を突《つ》き飛ばし、慌《あわ》てて右手を引き戻《もど》した。

「だから外してしまえと言ったのに」

「お前は……っ、お前なんか……」

助けるんじゃなかった、吐《は》き捨てそうになった一言を寸前で止める。助けた目的はちゃんとある、あるじゃないか。冷静に話し合うために、少し離れた位置に腰を下ろした。

「さっきも言ったとおり、きみを人質にする意図はない。だからといって王不在の機に乗じて小シマロンに奇襲《きしゅう》をかけたり、きみ抜きでイェルシーと交渉《こうしょう》を進めたりするつもりもないからな。前以《まえもっ》て言っておくけど。一つ訊《たず》ねたいことがあるだけなんだ」

なあにという具合に首を傾《かし》げる。細い顎《あご》を後《おく》れ毛が撫《な》でた。

「教えてくれ、ジェイソンとフレディっていう女の子のことだ。首都に近い施設《しせつ》には収容されてないって聞いた。何処《どこ》にいるのか知ってるんだろ？　お……きみがイェルシーに、リストに二人の名前を加えるように言ったんだよな。おれを……その」

どうして彼がそんな考えに至ったのかは不明だが。

「誘《さそ》い出すために？」

「そう」

「船の中で聞いて？」

「そうだよ。あなたはその子供達にご執心《しゅうしん》のようだったから、名前を聞けば必ず現れると思った。人を使って捜《さが》すよりも早くて確実だ。実際……そのとおりだった」

「っああ、もう畜生《ちくしょう》っ」

人よ、常に用心深くあれ。常に周囲を観察し、逆に自分は他人の関心を惹《ひ》かないように注意深くなる。それが頭の良い生き方の秘訣《ひけつ》だ。おれの場合は脳味噌《のうみそ》の中までフルオープン。これが万年補欠の秘訣だ。

「余りにもうまく行き過ぎて拍子《ひょうし》抜けしたくらいだ。名前しか知らない子供達に感謝したいくらいだよ」

「是非《ぜひ》とも感謝を形で表してやってくれ！　助けたいんだ。どこの施設にいるか、イェルシーは知ってるんだろ？　教えてくれよ。それだけでいい、おれが助けに行くから。今度こそ自分で行く。あの子達がそこに居るのは間違いなんだ、ちょっとした行き違いなんだよ」

「詳《くわ》しくは聞かなかったけれど」

勢いに呑《の》まれたのか、サラレギーはちょっと身を引いた。

「確かイェルシーの部下が言っていた。子供や元気な若者は大陸の最も北、砂漠《さばく》の向こうの施設に送られる場合が多いって。自然環境自体が苛酷《かこく》なので、頑健《がんけん》な若者でも脱走《だっそう》は不可能だからだそうだよ。けど最近では現地の騎馬《きば》民族の襲撃《しゅうげき》があって、法力の強い者を強奪《ごうだつ》したり、労働力を調達したりするんだって。恐《おそ》ろしいねえ」

もう何が恐ろしくて誰《だれ》が敵なのか、おれにはさっぱり判《わか》らない。

騎馬民族の名は、ヘイゼルの話の中でも挙がった覚えがある。皇帝《こうてい》を戴《いただ》く国家にありながら、墓守《はかもり》という立場を利用して、中央の権力に従わない存在だとか。盤石《ばんじゃく》の体制に思えた聖砂国も完璧《かんぺき》な専制政治というわけではなく、いざ懐《ふところ》に入って覗《のぞ》いてみれば、様々な問題を孕《はら》んでいたわけだ。

「あの二人は元気で子供で、法力がとても強い。となるとその、大陸の北、砂漠の向こうとやらに送られた可能性が高いわけだな」

ヘイゼルが指した場所の中には、確かに北の施設も含《ふく》まれていた。騎馬民族の名もその時に耳にした気がする。それだけではない、他《ほか》に何か重要なことを言っていなかっただろうか。墳《ふん》墓《ぼ》があるとか、トレジャーハンターだった彼女が地球からこちらの世界に飛ばされてきたのは、皮肉なことに歴代皇帝の墓の中だったとか……。

箱と一緒に。

「……同じ方角か」

「なに？　何と同じ方角だったの」

「何でもないんだ、サラ。教えてくれてありがとう、これであの子達を捜《さが》しに行けるよ。感謝する」

これ以上興味を抱《いだ》かせないように、おれは急いで礼を告げた。箱に関する情報は、サラレギーには決して漏らしてはならない。小シマロン王に箱を持たせるのは危険だ。彼は一度、過《あやま》ちを犯《おか》している。マキシーンが単独で先走った結果にはなっているが、部下の過失は上司の責任でもある。二度目がないとは言い切れない。

「寒くないか？　おれの分の毛布も……」

貸そうかと言い掛けたところで、おれは動きと言葉の両方を止めた。遠くから連続した音が聞こえてきたからだ。それはちょうど乾《かわ》いた土の上をゆく兵士達の、力強い軍靴《ぐんか》の音に似ていた。というより恐らく、靴音《くつおと》そのものだろう。

誰かが地下通路に侵入《しんにゅう》したのだ。しかも一人二人ではない、音と共に震動《しんどう》が地面を這《は》う程《ほど》の数だ。

「コ……」

呼ぶまでもなく二人はそれぞれの剣を手に身を起こし、松明《たいまつ》に素早《すばや》く火を入れていた。彼等のことだ、端《はな》から起きていたに違いない。

「だとしたら、誰を追っているんです?」

奪還《だっかん》された処刑囚《しょけいしゅう》はここにはいないし、首謀者《しゅぼうしゃ》のベネラも協力者の通詞・アチラも既《すで》にそれぞれの根城へと姿を消している。すると可能性としては、サラレギー誘拐犯《ゆうかいはん》を追って来た兵士だろうか。この場合の誘拐犯はもちろんおれたちだ。

「お前、発信器でも着けてんのかよ!?」

「ハッシンキ、何だろうそれは。あなたの国の新しい農作物?」

サラレギーの許《もと》には毒女キャラがいないようだ。無駄《むだ》な発明をしない国、小シマロン。

「ああどうするかなー、誘拐したわけじゃないのに。助けたって言ったほうが近いくらいなのに。袋詰《ぶづ》めは少々やり過ぎだったとしても、身代金《みのしろきん》を要求するつもりも人質《ひとじち》に使うつもりもないのに」

短い髪《かみ》を掻《か》き乱し、おれは苛々《いらいら》とそこら中を歩き回った。ヨザックは早くも剣を抜き、コンラッドは靴音に集中している。とにかく敵の数を知りたいのだ。

「こうなったらしゃあない、腹ぁ括《くく》って迎《むか》え撃《う》ちましょうよ」

「待てよグリ江ちゃん、だって誤解なんだぞ、濡《ぬ》れ衣《ぎぬ》なんだぞ!? こっちが傷つくのも嫌《いや》だし向こうに怪我《けが》させるのも気が引けるだろ!? だから今おれがこうして尤《もっと》もらしい言い訳を考えてだな」

「追っ手かな」

うか？」


「わたしが話そうか？」

見かねたサラレギーが片手を挙げていた。

「取り敢《あ》えずわたしが責任者に会って、どうやら誘拐ではないらしい旨《むね》、説明してきてあげよ
「ど、どうやって」

サラは事も無げに答えた。

「わたしだけ部屋の外に出て。いきなり斬《き》り掛《か》かられたりしたら危ないから、みんなは室内で待っていればいい。少なくともこうして袋《ふくろ》の真ん中に座っているよりは、ずっと人質っぽくなくなると思うのだけれど」

お説はごもっともなのだが、彼の言葉にはいまいち信用がおけない。たとえば部屋から出た途端《とたん》に敵方の隊長に抱き付き、誘拐されたの酷《ひど》い目に遭《あ》ったの怖《こわ》かったのーと泣いてから、さあこの部屋に犯人一味が潜《ひそ》んでおりますどうぞ捕縛《ほばく》を、とおれたちを差し出すかもしれないのだ。かもしれないどころか、五割くらいの確率でそうするだろう。

解《わか》っていながらおれは渾身《こんしん》の力を籠《こ》めて石戸を引き、サラレギーの背中を押した。きっとまた騙《だま》されると諦《あきら》めの溜息《ためいき》をつき、ヨザックの手を借りて戸を戻した。すると。

「開けて！　開けてユーリお願いだ、ここを開けてッ！」

向こう側で何があったのか、サラレギーの悲鳴じみた声が聞こえてきた。叩《たた》いてもノックに

ならない重い戸を、必死で蹴《け》っているようだ。

「開けて、ここを開けてそっちに入れて！」

「駄目《だめ》だ。何度おれを騙せば気が済むんだよ。早く連中に説明しろ、誘拐じゃないって」

「違《ちが》うんだ！　あいつらは違う、わたしを助けに来たわけじゃない。開けて、ここを開けて入れて、お願いだユーリ、殺される！」

この演技力に幾度となく弄《もてあそ》ばれてきたのだ。どんなに逼迫《ひっぱく》した芝居《しばい》をしてみせても、それを鵜《う》呑《の》みにするわけにはいかない。この石戸を開けた途端、聖砂国の兵士達が雪崩《なだ》れ込んできて、まず戦闘《せんとう》能力ゼロのおれを拘束《こうそく》する。次におれを盾《たて》にしてコンラッドとヨザックの動きを止めさせ、最後には……。

「殺される、ユーリ！」

差し迫《せま》ったサラの声にぎょっとして、おれは助言を求め両脇《りょうわき》の護衛二人を見た。一人はお止《や》めになったほうがと言いたげで、もう一人はやけに無表情だった。

ポーカーフェイスを装《よそお》っていたコンラッドが、顎《あご》に指を当てて呟《つぶや》いた。

「小シマロン王にして現皇帝陛下の兄でもあるサラレギーを、問答無用で切り捨てられる兵士なんて……この国には……」

最後まで聞かずにおれは石の引き戸を思い切り転がした。非力なサラでは開けられないのだ。ひと一人がやっと通れる幅《はば》だけ開けて、サラレギーの白く細い腕《うで》を摑《つか》む。

「早くっ」

ほんの僅《わず》かな隙間《すきま》から、硫黄《いおう》にも似た臭《にお》いが流れ込んできた。昼と同じだ。ということは迫ってきている連中も、昼間と同じくこの世ならざる者達かもしれない。

「何を見た⁉」

余程動転したのか両眼《りょうめ》を見開き、血の気を失った唇《くちびる》を戦慄《わなな》かせている。しかし喉《のど》を押さえてどうにか息を整えると、憎《にく》らしいことに彼は直《す》ぐに平素のサラレギーを取り戻《もど》した。

「人じゃなかった。一歩一歩迫ってくる連中が皆《みな》、人じゃないんだ。二足歩行はしているんだけど、どう言えばいいのか」

「腐《くさ》ってる？」

「そう、それだよ！」

会いたくもない新種との邂逅《かいこう》の瞬間《しゅんかん》が、おれたちを待ち受けていた。

9

死体と知人が斬り合う光景なんて！　ゲームでもなければそんなことは有り得ない。

ところがこちらの世界に頻繁《ひんぱん》に来るようになって、世の中は何でもありなのだと思い知らされた。骨は空を飛ぶし、マグロには脚《あし》が生えるし、砂漠《さばく》にパンダは住んでいるし。絶滅危惧種《ぜつめつきぐしゅ》のドラゴンまでは容認《ようにん》できたのだが、しかし流石《さすが》にゾンビは駄目だ。リビングデッドは無理だ、腐りかけの死体はNGだ。

だって奴等《やつら》の心臓は止まっている。あの不健康な肌《はだ》の色を見れば、血液が隅々《すみずみ》まで行き渡《わた》っていないのも明白だ。その状態で何故《なぜ》素早く動いたり、敵と味方を識別したりできるのか。生命科学で説明のつかないことを信じろといわれても、この歳《とし》になると難しい。頭硬《かた》くなっちゃってるから。

これが死体ではなくて、特殊《とくしゅ》な病原菌《きん》の感染者だというのならまだ納得《なっとく》はできる。だが、相手はやっぱり死体であって、感染28日後の病人ではない。

「ヨザック、それ死んでるよなっ？」

「ええ多分、一年以上、前、に。発酵《はっこう》進んでていい感じよーん」

「じゃあ何で通常スピードで動いてんのかな。し、神経組織の伝達とかどうなってんだ⁉」

「さーあ。死体の進歩は日進月歩だから、相当性能がよくなってんじゃないスかー？　ね、ウェラー卿《きょう》。あっ、足もげちゃった」

「さあ。最後にこいつらと斬り合ったのは、もう二十五年近く前の話だからな。それなりの進化もするだろう」

　コンピューター業界みたいだな。ていうか斬り合ったことがあるんだね、やっぱり。

　蘇《よみがえ》り組との戦闘は慣れた二人に任せておいて、バトル初心者のおれは脱出《だっしゅつ》方法を探さなければならなかった。唯一《ゆいいつ》の出口だった石戸は、結構器用に武器を操《あやつ》る蘇り組達によって粉砕《ふんさい》され、占拠《せんきょ》されてしまった。一体何人編成だったのかという具合に、室内の敵密度は高い。

　それもそのはず、奴等は死なない。眞魔国の誇《ほこ》る腕利《き》き二人が斬っても斬っても、積み重なった残骸《ざんがい》は再び立ち上がってくる。ハラハラしつつ見守るうちに気付いたのだが、リビングデッド族の弱点は頭ではなく足だ。何故なら足を失えば、格段にスピードが落ちるから。

　なんだか段々ゲームをやりすぎた翌朝みたいな感覚になってきた。恐怖《きょうふ》感が麻痺《まひ》してきたのだ。死に対して鈍感《どんかん》になったわけではないけれど、既にして死んでいる者に同情するのはとても難しい。手足がもげても起き上がり、襲《おそ》い掛かってこようとする様子は、本来ならおぞましい以外の何ものでもないのだが、目の前で繰《く》り広げられるといっそ滑稽《こっけい》ですらある。しまった、これがいわゆるゲーム脳か！

但《ただ》し、ゲーム世代ではないサラレギーは違ったらしく、壁際《かべぎわ》にしゃがみ込み、俯《うつむ》いて頭を抱《かか》えている。

「大丈夫《だいじょうぶ》か、サラ？」

「……母上が……」

「何だって、お母さんのとこに戻りたいってのか⁉」

「母上はお加減が悪いって、イェルシーが……なのに……」

「はあ⁉　だからあの中のどれがお前の母親なの⁉　言ってくれないと間違って斬っちゃうじゃないか」

いくら何でもそれは動転したサラの思い違いだろう。死体から子供が生まれるわけがない。とはいえ、あのマイペースな少年王がこれだけ我を忘れるなんて、余程《よほど》ゾンビにトラウマがあるのだろう。子供の頃《ころ》ひどい目に遭わされたとか、夏休み中の世話当番を押し付けられたとか。

「とにかくぼんやりしてないでくれ！　邪魔《じゃま》にだけはならないようにしないと」

剣《けん》の腕も乗馬の技術もさっぱり上達しないおれだが、戦闘音痴《せんとうおんち》は戦闘音痴なりに、肝《きも》に銘《めい》じている心得や身を守るための技《わざ》がある。例えば壁にくっついていれば背中から斬られる危険性は少ないとかだ。

但し、斬られはしないけれど稀《まれ》に貫《つらぬ》かれることはある。壁が薄《うす》そうな時は要注意。そういう点でこの壁は満点だった。厚さも重さも充分《じゅうぶん》ありそうだし。

「寄り掛《か》かっても服に壁画《へきが》が写ったりしなければ……うわぁっ」

同時に壁に背を預けたおれたちは、同じタイミングで悲鳴をあげた。背中から斬《き》られる危険性どころか、寄り掛かった壁自体がぐらりと傾《かたむ》いたのだ。

「……ず、ずれた」

尻餅《しりもち》をついたまま振《ふ》り返ると、壁の一部が回転扉《とびら》みたいに凹《へこ》んでいた。奥には真っ暗な空間が広がっている。驚《おどろ》いた、まるで忍者屋敷《にんじゃやしき》だ。こちらも仰天《ぎょうてん》したのだろうか、サラレギーも動いた壁を呆然《ぼうぜん》と撫《な》でている。

「どうなってんだ、切りがねえよ！」

滅多《めった》なことでは音をあげないヨザックが叫《さけ》んだ。

「こいつらの命って何回有効⁉　何度ぶった斬ったら大人しく死にやがるんだ」

「操っている者を倒《たお》さない限りどうにもならない。こいつらに意思はないんだ」

「じゃあその親分はどこよー、とっととそいつを探しだして片ぁ付けようぜ」

「それが判《わか》ればやっている」

ウェラー卿が剣を薙《な》ぎ払《はら》った。蘇り組の頭部が飛んで、嫌《いや》な臭《にお》いの液体を撒《ま》き散らしながらおれの足元に落ちる。

「すみません」

「へ、平気へいきぃひー」

動揺《どうよう》を隠《かく》しきれず声が裏返ってしまった。それを聞いていたサラレギーは、生ける屍《しかばね》から逃《のが》れるように、ふらふらと壁の奥に足を向ける。

「サラ！」

ヘイゼルの必死の説得が脳裏《のうり》を過《よ》ぎった。

「駄目《だめ》だ、そっちはまずいって」

「なぜ？」

「だってそっちは……」

百戦錬磨《ひゃくせんれんま》のトレジャーハンターでさえ恐《おそ》れる闇《やみ》の地下迷宮だ。ダンジョン素人《しろうと》のおれたちが入り込んで通過できそうな場所ではない。

「でも母上の法術から逃れるには、神の力の及《およ》ばぬ地下に……もっと深くに潜《もぐ》るしかない」

「何だって？」

母上の法術？

「じゃあこのゾンビたちを操ってるのは、お前の母親だっていうのか⁉　ちょっと待て、法術ってそんな種類のものもあるのか……しゅ、趣味《しゅみ》わるー」

先代とはいえ仮にも一国の主《あるじ》が。サラレギーとイェルシーの母親という血筋から推測するに、気高く強く美しき女帝《じょてい》が、ゾンビマスターってどういうことよ。おれの中の女帝のイメージが、またしても音を立てて崩《くず》れてゆく。

「だ、だからって迷宮に入るのは危険だ。死ぬまで闇の中を彷徨《さまよ》いたいのか⁉」

「少しの間だけだよユーリ、母がわたしたちの気配を見失って、一旦諦《いったんあきら》めるまでの間だけだ」

「お前そんな……じゃあお袋《ふくろ》さんの狙《ねら》いは、おれたちじゃなくてお前なの」

ただ法力を持たずに生まれただけで、実の母親にそこまで疎《うと》まれるものだろうか。しかしそれは他家の事情だ。今はとにかくこの場をやり過ごすことを考えなくては。

「止めても無駄だ、わたしは行くよ」

「よせよサラ、一人で行かせるわけには」

サラレギーは思い詰《つ》めた顔でまた半歩下がった。もう身体《からだ》は殆《ほとん》ど闇の側に呑《の》みこまれている。どうにか思い留《とど》まらせなくてはならない、彼を単独で行かせて万一のことがあったらどうする。強国小シマロンの王が我々と行動を共にしていて命を落としたとなれば、重大な国際問題に発展する。過失では済まされない。

「坊《ぼっ》ちゃん坊ちゃん、オレちょっとそのお人形ちゃんの説も悪くないかもなーって思えてきましたよッ」

「何を言いだすんだ、ヨザック」

「一瞬《いっしゅん》ならいいんじゃないか。こいつらが引き上げるまで隠れるくらいなら」

ヘイゼルへの信頼《しんらい》度の違《ちが》いからか、二人の武人の意見が割れた。ヨザックはじりじりとポジションを移動し、おれたちの居る壁際に近付いてきている。

「ユーリ、あの人の追跡《ついせき》から逃れるには、地下に逃《に》げるしかないんだよ」

「でも危ねえって！　火も持たずに一人でどうする気……」

サラレギーがおれの腕《うで》を摑《つか》んで引いた。ちょうど右側から襲い掛かってきた奴《やつ》の一撃《いちげき》を、ヨザックが寸前で食い止める。おれは攻撃《こうげき》を避《さ》けようとしてバランスを崩し、左側から闇に倒れ込んだ。

そこはひどく奇妙《きみよう》な空間だった。

赤い壁画の部屋と確かに繋《つな》がっているのに、まるっきり世界が違う。トンネルを通過する時や、高層階へ向かうエレベーターの内部みたいに、耳と喉《のど》が詰まり、聞こえる音がくぐもる。境目を踏《ふ》み越《こ》えてしまうと、あちらの部屋の光景はまるで、四角いスクリーン越しにテレビの映像を見ているようだ。

妙に現実味がない。

「やっぱり此処《ここ》はよくな……」

おれが戻《もど》ろうとした瞬間、地響《じひび》きに似た音と共に壁が動いた。まだ境目の先にいたヨザックが振り返り、閉まりつつある入り口に息を呑む。おれはサラレギーごと部屋に戻ろうとするが、有らぬ抵抗《ていこう》にあって叶《かな》わない。彼を一人残すわけにはいかないと、さっきと同じ問題が脳裏を横切った。

「坊ちゃん!?」

動きがとれないおれに気付いて、ヨザックがぎりぎりのところで飛び込んできた。あと一秒でも遅《おそ》ければ、間を抜《ぬ》けられなかっただろう。

もはや大人では通れない隙間《すきま》から、コンラッドが駆《か》け寄るのが見えた。名前を呼ぼうとして彼の背後に気付く。

「後ろに！」

ウェラー卿《きょう》は振り向き様に、重い刃《は》を剣の根本で受け止めた。ちかりと一瞬、火花が散る。

「コンラッド！　どうしよう、奴等がまだあんなに」

「大丈夫ですから！」

肩越《かたご》しに短く振り返るが、すぐに敵に向き直らなければならない。隙間から見ただけでも、まだ戦えそうな胴体《どうたい》がざっと十はいる。

「行ってください、俺は大丈夫」

「けど……っ」

閉じ切る前にコンラッドは言った。細い隙間から彼の、彼でしかない声が届く。

「どうか」

城門に似た音を響《ひび》かせながら、壁が完全に閉じた。炎《ほのお》と壁画のせいで赤っぽかった部屋の光は、もう一条も射《さ》し込まない。おれの持つ松明《たいまつ》だけが、この暗闇で唯一《ゆいいつ》の光だ。

何という心許《こころもと》ない灯《あか》りだろう。

サラレギーがぽつりと呟いた。

「無駄だよ、先に進んで別の出口を探した方がいい」

「無駄なもんか！」

おれとヨザックはもう一度壁《かべ》を押し開けようと、あらゆる手段を試《ため》したが、塡《はま》った石はびくともせず、音さえも漏《も》れてはこなかった。初めからそこに仕掛けなどなかったみたいに、継《つ》ぎ目も出っ張りもみつからない。

万策《ばんさく》尽きた頃《ころ》になって、おれはやっと恐ろしい言葉を口にした。

「……閉じ込め、られた、のか？」

いや、閉じ込められたんじゃない。呑みこまれたんだ。

寧《むし》ろこの闇は、おれたちを待ち受けていたようにも思える。

10

ヘイゼルの言葉は、少なくとも一部分は真実だった。

地下は単なる通路ではなく、かといって全くの迷宮でもなかった。路《みち》の片側は石で補強した壁だが、反対側にはある程度の間隔《かんかく》をあけて住居らしき小部屋が並んでいる。中には古い鍋《なべ》など簡単な道具が放置されたままの家もあり、人々の生活の跡《あと》がはっきりと残されていた。

確かに此処は、数百年前まで都市だったのだ。

大規模且《か》つ人知れず存在する、地下都市。

「地面の下に何かがあるとは聞いていたけれど、こんなに大規模な物だったたなんて」

およそ一時間くらい歩いた頃に、サラレギーが感心したように言った。おれとは逆に先程《さきほど》まではより調子が良さそうな彼は、一本きりの松明をおれたちに預け、自分は少し離《はな》れた先頭を進んでいた。灯りもないのに不思議と足元が確かだ。

もちろん、右手を壁に触《ふ》れさせておくのは忘れない。これを怠《おこた》ると大変なことになる。未踏《みとう》の洞穴《ほらあな》や地下道では、常に壁に触れていないと危険だ。真っ暗闇の広場で手掛《てが》かりもなく迷ったら、どちらに進めばいいのかさえ判《わか》らなくなってしまう。一歩先には溝《みぞ》があるかもしれず、またすぐ脇《わき》は断崖絶壁《だんがいぜっぺき》であるかもしれないのだ。

とはいえ、地下は地上より随分《ずいぶん》暖かく、寝袋《ねぶくろ》代わりだった分厚く重いジャケットも要《い》らないくらいだった。前をゆくサラレギーの恰好《かっこう》など、夏服といってもいい程だ。

「おーい、一人で先に行ったら危ないって言ってんだろ」

「平気だよユーリ、わたしは平気。腐《くさ》った死体と戯《たわむ》れているよりずっといい」

誰《だれ》だってリビングデッドに襲《おそ》われたいとは思うまい。

踊《おど》るように歩いてゆくサラレギーの背を眺《なが》めながら、おれはヨザックの二の腕を拳《こぶし》で叩《たた》いた。

優秀《ゆうしゅう》なお庭番は先程から、彼らしくない後悔《こうかい》をずっと繰《く》り返しているのだ。

「あの時オレが飛び込んだりせずに、坊ちゃんたちを引っ張り出してれば……」

「なに言ってんだ、あんたが来てくれなかったら、えっらい不安な二人旅になっちゃうところだったよ」

それにたとえあそこで引き戻そうとしても、おれとサラレギーの二人が抜けるだけの隙間と時間は残されていなかった。無理をすればどちらかが挟《はさ》まれていたかもしれない。サラを一人にするわけにもいかないし、結果としてヨザックが同行してくれたのは、最善の策だったのだ。

「ひとつだけいいことがあるよ、グリ江ちゃん」

「なんスかー」

「ヘイゼルが言うには、この地下通路は北に向かってるらしい。ということは間違わずに進めば、彼女が来たのと逆の道を辿《たど》って、皇帝《こうてい》の墓やジェイソンとフレディの収容されてる施設《しせつ》の方向へ行ける。まあもっとも……」

自分で言っておきながら、あまりにも楽観的過ぎる気がして、おれは自嘲《じちょう》気味に付け足した。

「ものすごくうまく行けばの話だけどね」

「いきますよ」

そう願うよ。

それからヘイゼルの話していた恐怖《きょうふ》にも、この先ずっと遭遇《そうぐう》しないことを願う。度胸の塊《かたまり》みたいな女性、ベネラことヘイゼル・グレイブスをあそこまで怯《おび》えさせたのは、一体どういった種類の恐怖だろう。闇《やみ》か獣《けもの》か、それとも幻覚《げんかく》か。

彼女の話を聞いていなかったヨザックが羨《うらや》ましい。

その問題から意識を逸《そ》らそうと、おれは気になって仕方がなかった名前を口にした。

「コンラッドは、無事かな」

「本人が大丈夫《だいじょうぶ》って言ったんだから、大丈夫でしょう」

お庭番は松明を持たない方の腕を振《ふ》り回し、肩の筋肉を解《ほぐ》しながら答えた。

「無理っぽいとふんだら、最期《さいご》にもっと笑顔《えがお》の大盤《おおばん》振る舞《ま》いしてますよ。特にあなたにはね。意外と態度にでちゃう奴なんですから」

「笑顔って、本当に？」

「ほんとに」

信じていいんだろうな、苦楽を共にしてきた幼馴染《おさななじ》みの言葉を。

「坊《ぼっ》ちゃんは優《やさ》しいから心を痛めるのも解《わか》りますけど、こう見えてもオレたちゃ幾《いく》つもの戦場を生き延びてきてるんですよ。悪運だって相当強いんだから、そう簡単には死にません。特に隊長の場合は、斬《き》り合いで命を落としたなんてことになったら、後々何を言われるか判りませんからね、いっそう気合いが入るはず。たかだか発酵《はっこう》中の死体十匹《ぴき》くらい、ウェラー卿なら午後の紅茶がわりですよ」

「うえ」

随分と日の経《た》ったレモンティーだ。でも誰よりもコンラッドの実力を知っている彼がそう言うのだから、きっと蘇《よみがえ》り組の十や二十、朝飯前なら午後のティータイム前なのだろう。おれごときが心配したら失礼なのかもしれない。

ふと頭上を見上げて、ヨザックが小さく肩を竦《すく》めた。

「また堰《せき》だ。足元気を付けて。さっきから二箇所ばかり通りましたよね」

「うん」

確かに同様の堰を、これまで二つほど通過している。右手を添《そ》わせている壁に溝が走っているのですぐに気付く。

便宜《べんぎ》上「堰」と呼んではいるが、実際には原始的な遮断《しゃだん》装置だ。そう明るくない炎で照らしてみると、頭上には厚さが五十センチはありそうな石板が収納されていた。何かの切っ掛けで重い石板が真っ逆さまに落ちてきて、通路を完全に遮断する仕組みだ。現代でいうシャッターのようなものだろう。

あれだけの厚味と重さがあれば、水も土砂《どしゃ》も食い止められるだろうが、今のところ地下水脈の音や匂《にお》いも感じないし、緩《ゆる》い傾斜《けいしゃ》が続いているとはいえ、崩《くず》れた土が土石流を起こすほどの角度ではない。水でも土砂でもないとすれば、あんな巨大《きょだい》な石を必要とするのは一体どういった種類の脅威《きょうい》だろうか。

思わず背筋が震《ふる》える。

「あんなのに挟まれたら一溜《ひとた》まりもないな」

「でしょうねえ」

跳《は》ねるように前を行くサラレギーの背中が、闇夜の幽霊《ゆうれい》みたいに揺《ゆ》れている。淡《あわ》いグリーンの服だったはずだが、一つきりの心許《こころもと》ない灯《あか》りの下《もと》では、白くぼんやりとしか見えなかった。

「……どうしてあんなに元気なんだ」

「邪魔者《じゃまもの》が消えたからかもね」

「邪魔者って……コンラッド？」

グリ江ちゃんは続けざまに三回も頷《うなず》いた。

「コンラッドが邪魔なもんか。サラはコンラッドを大好きだったろう？　だって船旅の間中、ずっとこき使って……いやー、傍《そば》から放さなかったじゃないか」

「あ、やっぱ見てましたぁ？」

「見てたも何も、人目を憚《はばか》らず人間ハンガーにまでしてたもんなあ。おれはまたあいつは一人っ子だから、お兄ちゃんができたみたいで嬉《うれ》しいのかねーなんて、微笑《ほほえ》ましい想《おも》いで見守っちゃったよ。ほらあの頃はまだ……サラレギーが一人っ子だと信じて疑わなかったからね」

その言葉の後に大きく息を吐《は》き、空いた左手で顔の半分を覆《おお》った。

「……おれは人を簡単に信じすぎるかな」

風もないのに炎《ほのお》が揺らぐ。突然《とつぜん》何を、と頭上から聞き返された。

「おれは他人より頭が悪いのかもしれないよ、ヨザック。何度同じ失敗を繰り返してるだろう」

「だから突然何を」

「サラのこともそうだ」

壁《かべ》を擦《こす》りすぎて、右掌《みぎてのひら》が熱くなっている。石と土は氷の如《ごと》く冷たいのに、触れている指は摩《ま》擦《さつ》で熱い。氷を握《にぎ》り締《し》めた後の痺《しび》れに似ている。

「初めて会った時にさ、風呂《ふろ》でね、グリ江ちゃんも一緒《いっしょ》だったろ。おれに洞察力《どうさつりょく》ってものが欠《か》片《け》でもあればさ、最初からサラがどういう奴《やつ》か見抜《みぬ》いていれば、今こんな所には居ないはずだよ。こいつの話に乗せられちゃ駄目《だめ》だって、防衛本能が働けば」

「そりゃあ無理ってもんですよ、だってあの時は羊も混浴よ？　胸が高鳴っても仕方ないじゃない」

女言葉で慰《なぐさ》めてもらっても、今回ばかりはあまり嬉しくない。しかもおれはまた同じことを繰り返し、我《わ》が儘《まま》言って突《つ》っ走っては厄介《やっかい》な事態に陥《おちい》っている。自分ばかりではない、大切な仲間達まで危険な目に遭《あ》わせている。

つくづく駄目《だめ》魔王だと思うよ。愚《おろ》かな王を戴《いただ》く民《たみ》は不幸だ、そう言ったのは誰《だれ》だっけ。

「そう仰《おっしゃ》いますがね、坊ちゃん」

不幸な臣民代表のお庭番、魔王陛下の0043号は、おれの頭の天辺《てっぺん》を指でつつきながら言った。

「陛下が誰かを信じたり、突っ走って一見無謀《むぼう》だと思うような行動をとったりして、これまで悪い結果に終わったことがありましたか？」

おれが初めて眞魔国に流されてきてから遭遇した事件を、脳味噌《のうみそ》の中で順番に並べてみた。王都、ヴァン・ダー・ヴィーア、スヴェレラ、シルドクラウト、カロリア、シマロン。そして聖砂国。

「……たくさんあると思うよ。おれの知らないところで、たくさんあったと思う」

「みんなが庇《かば》ってくれてたんだと思う。そうでなきゃ急に練習したことさえない王様職に就《つ》いて、どうにかやっていけるわけないもんな」

「うはぅへあはあー」

いきなりヨザックは、嘆《なげ》くとも呆《あき》れるともつかない呻《うめ》きを漏《も》らした。壁と松明《たいまつ》で塞《ふさ》がっていなかったら、両手を上げて天を仰いでいただろう。

「どうしたグリ江ちゃん!?」

「まったくオレはホントに無能ですよ。これだからいつまでたっても閣下に呼び戻《もど》してもらえず、国外工作員という名の便利屋のままなんだよなー！」

何だ、彼は現在の任務に不満を持っていたのか？　壁から手を離《はな》してお庭番の服を摑《つか》んだ。

「今の職場に不満があったのか。てっきり楽しくやってるんだと勘違《かんちが》いしてたよ！　だったら早くそう言ってくれれば、おれからグウェンにそれとなーく伝えたのに。それとなーくな」

「そうじゃありませんよ陛下。オレはね、今、落ち込んでる陛下を一生懸命《いっしょうけんめい》お慰めしようとしてたんですよ」

彼は前方のサラレギーを顎《あご》で示し、聞こえよがしに舌打ちした。

「隊長の不在はともかく、あんなののことを気に病むこたぁないですからね」

強国小シマロンの少年王をあんなの呼ばわり。流石《さすが》は天下のグリ江ちゃんだ。

「なのにオレの必死の説得なんぞ、全然効果がないじゃないですか！　うはぅへあはあー、ほんとにねえ、やっぱオレって駄目兵士ですよねえ。ウェラー卿《きょう》だったらこんな時、気の利《き》いた一言とあの胡散臭《うさんくさ》い笑顔で、サクッとどうにかしちゃいますもんねえ。あ、胡散臭くは見えてないんでしたっけ？」

そのとき頭に浮かんだのは、袋の口をきゅっと縛《しば》るコンラッドだった。

「最近ときどき黒いよな」

「ねー」

グリ江ちゃんは眉間《みけん》に皺《しわ》を寄せ、肩につくくらい首を傾《かし》げた。松明を持ったままの左手首で額を擦る。髪《かみ》が燃えそうだ。

「そんな腹黒い男の慰めは有効なのに、こんなマッチロなグリ江がどんなに心を込《こ》めても、口下手なのか微笑みが庶民《しょみん》なのか、陛下はさっぱり元気になってくれない。やっぱオレって駄目兵士」

「だーかーらー、駄目じゃないって」

「しかも」

すっかり壁から手を離してしまい、ヨザックは胼胝《たこ》のある長い指で、オレンジ色の髪を乱暴に掻《か》き回した。

「その肝腎《かんじん》のウェラー卿が此処《ここ》にいないのも、オレのせい」

「え、ヨザックのせいって。何、なんか喧嘩《けんか》でもしたのか？」

「なんの話をしてるんだーい？　面白《おもしろ》い相談ならわたしにも教えてー」

サラレギーが長閑《のどか》な様子で手を振《ふ》った。彼は何故《なぜ》、灯《あか》りもないのに先に進めるのだろう。暗《くら》闇《やみ》にびびるおれなんかとは大違いだ。

ヨザックは腰《こし》を深く屈《かが》め、顔色を窺《うかが》うふりでおれを覗《のぞ》き込んだ。覚えていたより青い瞳《ひとみ》には、多くの期待と僅《わず》かな悔《く》いが浮《う》かんでいる。

「……あの煮《に》え切らない男に言ったんです」

反射的に何を？　と訊《き》き返していた。

「どうしたいのかきっちり考えろって。言ったんですよ、結論が出るまでは半端《はんぱ》に近寄るんじゃないよって」

おれの頭の中では未だ「何を？」だった。ＳＶＯＣがさっぱりぽんです、と、ここのところ英語づいている脳味噌が正直に反応した。

「あんたはどっちを選ぶんだ、ってね」

「ああ、コンラッドのことか」

やっと意味が通じた。

つまり彼はウェラー卿に大シマロンと眞魔国のどちらを選ぶのか決めろと迫《せま》ったわけだ。恐《おそ》らくどちらの国籍《こくせき》を持つのか決めるまでは、馴《な》れ馴《な》れしくするなとでも言ったのだろう。二人とも人間と魔族の両者を親に持つ同士だから、話が通じやすいのかもしれない。

しかし、どちらがお前の故郷だと詰《つ》め寄られたって、そう簡単に割り切れるものではない。

「そしたら拗《す》ねちゃって。あの野郎《やろう》、ほんとに近付かなくなっちゃいましたよ」

「いや、別に拗ねたわけじゃないだろ。ていうかそんなことじゃ拗ねないだろ」

百歳を超《こ》えたいい大人が、その程度のことで拗ねたりするもんか。そう否定しながらもおれは、しゃがみこんで砂の上に意味のない落書きをするコンラッドを想像した。耐《た》えきれず忍《しの》び笑いが漏れた。

「結局ご一緒するのがグリ江になっちゃって、ごめんね坊《ぼっ》ちゃん」

「何言ってんだ、ヨザックだって充分《じゆうぶん》心強いよ。それにいざって時には必殺の女装で、おれの目も楽しませてくれるじゃん」

「これだから陛下が大好きなんだよなあ」

おれが遠慮《えんりょ》無く背中を叩《たた》くと、彼は彼でこちらも無遠慮に、おれの首筋をぐいぐい揉《も》んでくる。満面の笑顔《えがお》なのはいいが、ただでさえ握力強いんだから少しは手加減してくれないと。

おれたちが後ろでどんな愚痴《ぐち》合戦をしていようと、気にせずご機嫌《きげん》だったサラレギーが、唐《とう》突《とっ》に振り向いて断言した。

「何か生き物がいる」

下りに入ってから譲《ゆず》ることなく前を歩いていたのに、今は視線を後ろに向け、視線はおれたちの肩越《かたご》しに何かを見ている。

「お、おいおいやめてくれよー、サラ。肩に何かいるなんて言われたら、今夜から一人でトイレに行けないじゃないか」

「やだわー、坊ちゃんたら水臭《みずくさ》いんだから。グリ江でよければいつでも連れションするわよ」

「常に隣《となり》から覗き込まれそうな連れションはヤダなー」

きょとんとするサラレギー。こんな顔をすると本当にかわいい。

「ツレ、しょん？　いいえユーリ、少年釣《つ》り大会のことではなくて。あなたたちの肩の向こう、坂の上の通り過ぎてきた場所に、生き物が見えたんだよ」

「そんな遠く!?」

しかもこの暗さだ。松明はおれとヨザックが交代で持っているから、サラレギーには全く灯りがなかったはずだ。にもかかわらず遠くで動いた生き物を認めたという。

「サラ、お前どーいう目ぇしてんのよ」

当の本人は流れる雲みたいにふんわり微笑《ほほえ》んで、人差し指と中指で長い下睫毛《したまつげ》に触《さわ》った。

「前にも話したでしょう、ユーリ。わたしの瞳はね、こんなに明るい黄金色をしているけれど、熱や光にはとても弱いんだ。特に太陽の光にはね」

知っている。彼は視力が悪いわけではなく、目を保護するために眼鏡《めがね》をかけていたのだ。あの薄《うす》い硝子《ガラス》はとても良く似合ってたな、今更《いまさら》ながらにそんなことをぼんやりと考える。

「だから逆に、暗いところではとても調子がいいんだ。だって眩《まぶ》しくないでしょう。急に暗い場所に入ると、最初は戸惑《とまど》うけれどすぐに慣れる。明かりがないほうが楽なくらいだ」

「え、慣れるって……まさか見えるのか？」

「見えるよ？　皆だって時間が経《た》てば見えるようになるでしょう？」

「普通《ふつう》は見えねーよ！」

「そうなの」

そんな不思議そうな顔をされると、普通人としては困ってしまう。

と同時に記憶《きおく》の扉《とびら》が開いたのか、彼は、ああだからみんな寝《ね》るときは暗くするのか。あれ、暗いから眠《ねむ》ってしまうのかな、それとも眠るために暗くするのかな、なんて可愛らしいことを呟《つぶや》いている。

「それ、ものすごく便利な才能じゃねえ？　法力がないから国を追われたなんて言ってたけど、それって立派な法術だと思うけど」

少なくとも翻訳《ほんやく》法術の持ち主・アチラ通詞より、ずっと特殊《とくしゅ》な能力だろうに。あれは絶対に努力の賜物《たまもの》だと思う。そんな努力型の苦労も知らず、サラレギーは綺麗《きれい》な指を唇《くちびる》に当てた。

「さあどうだろう。程度の違いこそあっても、皆見えるものだとわたしは思っていたから」

才能で勝負できる天才型が憎《にく》い。憎いというより羨《うらや》ましい。

サラレギーは松明の温かく柔《やわ》らかい光の下《もと》で目を細め、天使がするように微笑んだ。

「でもねえ、わたしはもう法術なんてどうでもいいんだよユーリ。だってそんな、神から与《あた》えられた力なんかなくても、人は何でもできるもの。神に感謝しなくても、わたしは国を治められるし、欲しいものだって何でも手に入るもの」

「……ひと月前に聞いたら、きっと感動してただろうな」

おれはポケットに片手を突《つ》っ込み、溜息《ためいき》混じりに呟いた。右手は壁《かべ》に添《そ》わせている。

でも今はお前って人間の本質が判《わか》っちゃったから、素直《すなお》に格好いいとは思えないな。国を治める力は確かだが、欲しいものが何でも手に入るのは、手段を選ばないからだろう。

「気になるのはその、生き物って奴《やつ》ですよ」

ヨザックが腕《うで》を突き出して、なるべく後方を照らそうとした。

「こんな餌《えさ》も無いような地下に、人の目で捉《とら》えられるような大きさの動物が棲《す》み着くもんですかね。それともあの死体連中が、ずっと追ってきてるのか」

「この世ならざる兵士達は来られないよ。母上のお力は、こんな地下までは及《およ》ばないから」

「お前のお袋《ふくろ》さんってのはどうしたいんだ。実の息子《むすこ》をゾンビでつけ狙《ねら》って」

「さあねえ」

信じられないくらい冷淡《れいたん》な口調で、彼は母親の名前を言った。

「わたしを亡《な》き者にしたいのだろうね、女帝《じょてい》アラゾンは。わたしがイェルシーを意のままに操《あやつ》って、聖砂国を我が物にするのではないかと、怯《おび》えているのだろうね」

「だからって……殺そうとするなんて」

「そういうものだよ、権力に執着《しゅうちゃく》するひとは」

「素敵、お人形ちゃんそっくりだわ」

ヨザックがふざけた調子で言ったひとことに、茶化されたと感じたのか、サラレギーはきつい眼差《まなざ》しで、自分よりずっと背の高い男を見上げた。

「お人形というのは誰《だれ》のこと?」

「あんたですよ、小シマロン王」

「わたしが?」

おれが割って入る間もなく、彼等の間に冷たい火花が散る。サラが頬《ほお》に血を上《のぼ》らせ、故意に感情を抑《おさ》えて言った。

「わたしのどこがお人形だと?」

「うーん。見た目、仕事、お母様から逃《のが》れられないところ、全部かな」

「母上の支配からは逃れている!」

「失礼失礼、じゃあ弟を傀儡《かいらい》にして国を操ろうとする、お人形遣《つか》いちゃんかな」

「はいはい、はーいはい」

人形扱《あつか》いはサラレギーが気の毒に思ったので、両手を突きだして交戦中の間に入った。素晴らしき体格差。

「頼《たの》むからこんな危機的状況下《じょうきょうか》で争わないでくれ。ただでさえ旅の運勢最凶《さいきょう》最悪なのに。大

体おかしいだろ？　グリ江ちゃんとサラ、別にそんなに仲悪くなかったじゃん。それより大して口もきかないような間柄《あいだがら》だっただろ？　なのに何だよ、今のこの、昔から大嫌《だいきら》いでしたっぽい関係。あんたら急にどーかしちゃったの？　もしかしておれの知らないうちに、闘争《とうそう》本能駆《か》り立てるガスでも吸っ……なにこの音」

地鳴りに似た音と細かな震動《しんどう》が、まるで音量ボタンを押しっぱなしにしたテレビみたいに急速に近付き、大きくなった。細かな爪《つめ》が地面を引っ掻《か》くような音と、神経を逆撫《さかな》でする高い鳴き声。おれたちの来た方向から、灰色の絨毯《じゆうたん》が一気に広がる。

物凄《ものすご》い数の鼠《ねずみ》の群れが、緩《ゆる》い坂道を大移動してきた。

「これ!?　サラの見た動物ってこれ!?　やべぇネズミ、ネズミはヤバイって！」

「落ち着いて坊《ぼっ》ちゃん。岩のふり、岩のふりしてやり過ごすのよッ」

おれは両手を万歳《ばんざい》状態にし、ぎゅっと目を閉じて壁に寄り掛《か》かった。岩のふり岩のふり……一枚、二枚、うーんもう食べられナーイ。しまったこれは番町皿屋敷《さらやしき》だ。

「だってこいつらに齧《かじ》られたら、ペストかネコ型ロボットか舞浜《まいはま》行きか三つに一つなんだぜ!?」

グリ江ちゃんはドラえもんの味わった恐《おそ》ろしさを知らないから、そんな悠長《ゆうちょう》なことを言っていられるんだと思います。っがーっ足の上、足の上をーっ！」

「しょうがないなあ、どうしてもというならお姫様《ひめさま》だっこしてあげますけど」

「……いや、遠慮するよ」

河川敷《かせんじき》グラウンド育ちのおれがこの有様なのだから、王宮育ちのサラレギーなんかもっと大変だろう。ふと隣《となり》を見ると、意外に冷静な彼が顔だけをそちらに向けて、坂の上をじっと見詰《みつ》めていた。足の上を駆け抜《ぬ》ける鼠など気にも留めていない様子だ。

やがて彼は此処《ここ》にはいない誰かに挑《いど》むように腕を上げ、おれには虚空《こくう》にしか見えない暗闇《くらやみ》に向けて、白い細い指先を向けた。

黄金色の瞳《ひとみ》は地下にあっても輝《かがや》いている。その姿はまるで、人に死を宣告する天使か、或《あ》いは悪魔《あくま》のようだった。

闇を見透《みす》かす彼の眼《め》には、他《ほか》にも何か見えているのだろうか。

11

小柄《こがら》でよく動く白髪頭《しらがあたま》を探して、彼は早朝の市場を歩き回っていた。

昨晩聞いた活動拠点《きょてん》のうち、主だった場所ではここが最後だ。居てくれと祈《いの》るような気持ちだ。荷車と老女の組み合わせを見ると、断りもなく覗《のぞ》き込んでは顔を確認《かくにん》する。こういう時に限って皆《みな》、人違《ひとちが》いだ。

昼を前に商売が一段落つく頃《ころ》になって、彼はようやく目的の人を見付けだした。異国の生まれを示す茶色の瞳《ひとみ》に、少しだけ安堵《あんど》の影《かげ》が差す。

「ヘイゼル！」

「おや」

荷車を置き一息いれていたヘイゼル・グレイブスは、見知った相手に短い英語で答えた。

「おはよう、昨夜《ゆうべ》はよく眠《ねむ》れたかい？」

「いいや。お心遣《こころづか》いには感謝しているが、予想外の事態に見舞《みま》われて」

「予想外……？　どうしたんだいウェラー氏、そんなに息急《せ》き切って。それに」

嫌《いや》な予感に駆《か》られてコンラッドの背後を見やる。誰《だれ》の姿もない。

「坊《ぼう》やたちは」

魔族の護衛は逡巡《しゅんじゅん》し、しかしすぐに悟《さと》って話を続ける。

「昨夜遅《おそ》くに、この世ならざる者達の襲撃《しゅうげき》に遭《あ》いました。生きた死体です。この国にはその類《たぐい》の法術使いもいるようだ」

「遺体を操《あやつ》る法術って、何ということを。神と死者への冒瀆《ぼうとく》だよ」

「そう考えるのはあなただけかもしれないよ、ヘイゼル。宗教観の違いは如何《いかん》ともしがたい。どうやら死人遣《つか》いの正体は、皇帝《こうてい》陛下の母であるらしいし」

「アラゾンが？　確かに冷酷《れいこく》で残虐《ざんぎゃく》な女帝《じょてい》だが、そんな恐《おそ》ろしい術の持ち主だったかね」

そんなことはどうでもいいと右手を振《ふ》って、コンラッドは敵の説明もそこそこに本題に入った。

「しかし俺にとって重要なのは、主《あるじ》が壁《かべ》の向こうへと踏《ふ》み込んでしまったことです」

「何だって!?　壁の向こうへ!?」

ヘイゼル・グレイブスは一瞬呆気《いっしゅんあっけ》にとられたが、流石《さすが》に熟練した冒険家だけあって、即座《そくざ》に自分を取り戻《もど》した。思わずウェラー卿《きょう》を問い質《ただ》す。

「あれだけ言ったのに一体どうして……どうして行かせたんだい。そんなに墓場の財宝が欲しかったとでも？　あんたたちの目的は双子《ふたご》の救出だろう、だったら地上から行ったっていいはずだ。それともやっぱり守護者達に見咎《みとが》められないように、墓に近付くのが目的だったと……

そういう子には見えなかったのに！」

「財宝？　誤解されては困る。陛下はそんなものを望まれたことは一度もない。ただ同行者が怯《おび》えて逃《に》げ込んだのを放《ほう》ってはおけず、ご自分も入られただけだ」

「同行者というのはあれかい？　あの、オレンジの髪《かみ》の」

黙《だま》りこむコンラッドを前にして、片側の眉《まゆ》だけをひくつかせながら、ヘイゼル・グレイブスは顎《あご》を反らせた。

「いいだろう、聞かせてもらうことが沢山《たくさん》ありそうだ。それよりも何故《なぜ》あんたが此処にいて、守るべき坊やがいないんだい？　あんたはボディガードだろうウェラー氏、まさかあの子だけ行かせたなんてことはあるまいね」

息をするのさえ辛《つら》そうに眉を顰《ひそ》め、コンラッドは首を振った。

「一人じゃない。俺などより余程《よほど》頼《たよ》りになる男がついている。しかし」

相手が後悔《こうかい》し、傷ついた顔をしていようがいまいが、ヘイゼルには関係がなかった。彼女は容赦《ようしゃ》なく言った。

「そんな顔をするくらいなら、最初から他人になど任せるんじゃないよ」

彼はいっそう悲痛な面持《おもも》ちになり、握《にぎ》り締《し》めた拳《こぶし》を剣《けん》の柄《つか》に押し付けた。よく見るとそれは飛び散った肉片《にくへん》と腐敗《ふはい》した体液で汚《よご》れていた。

「すぐにでも追いたいと思ったんだが、入り口は閉《と》ざされたきり動く気配もない。教えて欲しい、ヘイゼル。あの壁はどうすれば開くのか。今からでも陛下を追うには、俺はどうすればいいのか」

　年老いた女は腕組《うでぐ》みをして聞いていたが、やがて近くにいた知り合いの奴隷《どれい》に声を掛《か》けた。

「あたしの荷車を運んでおいておくれ」

「なんだ婆《ばあ》さん、許可無く離《はな》れれば罰《ばっ》せられるだろうに。何も好きこのんで鞭《むち》で打たれなくてもよかろうよ」

「お黙り。少しは男らしいとこを見せてみなよ腰抜《こしぬ》け。あたしが姿を消したことなど、あんたが口を噤《つぐ》んでいれば誰も気付きやしないんだよ」

　ヘイゼルは男の肩《かた》を軽く突《つ》いて、にやりと老婦人らしからぬ笑《え》みを浮《う》かべた。

「それともあんたの心臓は、干し草の中で震《ふる》える雌鳥《めんどり》なみかい？　さあ行こうか、ミスター。雌鳥男のせいで、待たせてしまって悪かったね」

　そして昨日とは逆の方向へと歩を進めながら、低い声で英語に戻した。

「壁の開け方はあたしも知らない。自分の時だって偶然《ぐうぜん》に近かったんだ。これ以上その入り口に時間を割《さ》いても、無駄《むだ》に遅《おく》れをとるだけだ。今からなら追い掛けるよりも、寧《むし》ろ地上から先回りしたほうが早いかもしれないよ」

「先回り？」

「そうだ。言っただろう、あの地下都市が何処へ向かっているか。うまくすれば途中《とちゅう》の横穴で待ち伏せて、合流できるかもしれない。いずれにせよ首都を離れることになるが、行ってみるかい？」

「もちろん」

どれだけ本気なのか確かめようとコンラッドの顔を見詰《みつ》めるうちに、ヘイゼルは彼の右眉に傷があるのを発見した。ふと、魔族の年齢《ねんれい》について聞いた話を思い出す。

「魔族の皆さんの年齢は外見からはとても計れないと言うね。ひょっとしてあんたも、あたしより年上だったりするのかもしれない」

突然《とつぜん》なにを言いだすのかと、彼は傷のある右眉を上げた。グレイブスは皺《しわ》深い手で男の腕を叩《たた》く。

「けど何故だろうコンラッド、あんたを前にすると、息子《むすこ》か孫と喋《しゃべ》っているような気にさせられるよ。おかしな話だろう？」

そこまで言って榛色《はしばみいろ》の目を細め、喉《のど》の奥で笑う。

「あたしには息子も孫息子もいなかったってのにね」

「タビネズミ・レミングの冒険、大移動編」を恐怖《きょうふ》に顔を引き攣《つ》らせながらやり過ごしたおれたちは、次なる動物被害《ひがい》に遭う前にと、続く地下通路を急いでいた。

「なんていうか、こう、巨大化《きょだい》してなかっただけマシだよな」

「そうですね。巨大化なんかされたひにゃ、可愛《かわい》げもなくなりますもんね」

「元々可愛くなんかないよ」

「眞魔国では巨大化が流行なの？」

　赤い部屋から半日近く歩いたことになるが、わずかその程度の移動でも地下都市の様相は一変していた。この辺りになると住居跡《あと》が極端《きょくたん》に減り、都市というより地底に設《しつら》えた街道《かいどう》っぽくなっている。これまでに比べて通路はほぼ直線になり、広さも高さも一定になった。

　入り口近くが手作りの田舎町《いなかまち》だとすれば、この辺は近代化された高速道路地帯というイメージだ。高速で走り抜《ぬ》ける車などいないのだが。

　両側の壁が容易に確認できたため、もう掌《てのひら》を摩擦《まさつ》で熱くする必要はない。おれは右手で松明《たいまつ》を持ち、空いた片手を服の上から胸に当てていた。

　おれの体温が伝わっているのか、先程から魔石《ませき》が奇妙《きみよう》な熱を持っている。不意に顔を顰《しか》めるほど熱くなったり、外気に曝《さら》されたように冷たくなったり。

　近くに法術師がいないとはいえ、ここは法力に満ちた神族の土地だ。相対する力の中に放り込まれて、石も調子を崩《くず》しているのだろうか。

　逆にサラレギーに塡《は》められた薄桃色《うすももいろ》の指輪の方は、ただの石同然に静まり返っていた。聖砂国でしか採取できない珍《めずら》しい石だと聞いたのだが、何の反応も示さない。痛みがないのはありがたいが、おれをあれだけ苦しめた指輪がこう大人しいとなると、装着者としては少々気味が悪い。

元々神族の宝なのだから、久々の帰省にもっとはしゃぎ、色めき立ってもよさそうなものなのに。

「……まあ、石だからな」

石といえば相変わらず堰《せき》も多い。

通路の幅《はば》が広くなったせいか、シャッター代わりの石板《せきばん》もいっそう大きくなっている。先程までと違《ちが》うのは、手前の壁にスイッチらしき出っ張りがある点だ。あれを弄《いじ》れば操作できるのだろうか。それにしたって鼠《ねずみ》の大群でなければ一体何を遮断《しやだん》したいのだろう。疑問はいっそう強まった。

そもそも奴隷階級に追いやられた人々が住む街に、そんな大掛かりな防御《ぼうぎよ》システムが必要だろうか。僅《わず》かに残された家財道具から察するに、住人が裕福《ゆうふく》だったとはとても思えないし、第一こんな城塞《じようさい》なみの仕掛けを作る余力があれば、奴隷になど甘んじてはいないだろう。

考えれば考えるほど妙な話だ。

おれはゆっくりと頭を振って、無駄な推測を諦《あきら》めた。よそう、今心配すべきことは一本しかない松明の寿命《じゆみよう》だ。未明から使っていた唯一《ゆいいつ》の灯《あか》りは、持ち手に熱さを感じるほど短くなっている。この火が消える前に代替物《だいたいぶつ》を探さなければならない。鍋《なべ》や匙《さじ》では代わりにならないし、やっぱ服か、服を燃やすしかないのか。

「ユーリ」

「いいよ男らしくおれが脱《ぬ》ぐよ……え、何だって？」

呼ばれてサラレギーを見ると、終わり近くでいっそう激しくなった炎《ほのお》に照らされて、金色の睫毛《まつげ》まで光っていた。熱と光は大丈夫《だいじょうぶ》なのだろうか。

彼はこの地下都市に入ってから、以前より壮健《そうけん》そうに見える。

会ったばかりの頃《ころ》や船旅の間は、本人はあれで健康な状態だったのだろうが、傍《はた》から見るとどうにも儚《はかな》げで病弱なイメージがあったものだ。ところがこの地下に踏《ふ》み入ってからは、血色の良さも瞳《ひとみ》の輝《かがや》きも以前に勝《まさ》り、おまけに精神的にも高揚《こうよう》しているらしい。

暗闇《くらやみ》で視力を保てたり、おれたちより先に動物の気配を察したりと、法術を持たないという自己申告が信じられないほどだ。

「聞こえる？　ユーリ、何かが来てる」

「なにかって、また鼠とか……」

ようやくおれにも音が届いた。この重い震動《しんどう》と衝撃《しょうげき》は、小さな動物の群れなどではない。

正体に気付いたらしいヨザックが、おれの肩を思い切り前方に押した。

「陛下、走って！」

「いいから走って！　振《ふ》り返らずに」

「えっ、なに」

言われた時にはもう遅《おそ》く、おれは左脚《ひだりあし》を踏み出すと同時に、身体《からだ》を捻《ひね》って後ろを確認《かくにん》していた。追ってくる者の姿を一目見ようと、半歩を犠牲《ぎせい》にして視界を広げる。

それは最初、松明の炎では、単なる砂埃《すなぼこり》にしか見えなかった。だが前に走ろうとよろめきながら二度目に振り返ると、通路とほぼ同じサイズの丸い岩が、地響《じひび》きと共に転がってくるのだと判った。

輪郭《りんかく》が闇に溶《と》けこんでいたため、はっきりとした球体に見えなかったのだ。

「見ている暇《ひま》はありませんって！」

「だって、何だよあれ!?　あんなもんどこから!?」

鼻の先でサラレギーの服が靡《なび》いている。

彼が走っているところを初めて見た。そりゃあ生まれついての王様だって、逃《に》げ場のない地下道で巨大な岩に追い掛けられたら走る。袖《そで》を靡《なび》かせ、裾《すそ》を翻《ひるがえ》して。

おれはもう一度だけ振り返り、転がる岩と通路の壁《かべ》や天井《てんじょう》の間に殆《ほとん》ど隙間《すきま》がないのを確かめた……わざわざ不愉快《ふゆかい》な事実を確認してしまった。

脇道《わきみち》か窪《くぼ》みでも見付けて身を隠《かく》さない限り、逃《のが》れる術《すべ》はないってことじゃないか。しかも先《さき》程《ほど》からずっと、この通路には避難《ひなん》場所が無い。こんな事態になるとは思わぬままに、逃げ場がないのを確かめながら歩いてきていた。

そうと知らずに自分で自分の墓穴《はかあな》を掘《ほ》るような行為《こうい》だ。高速道路地帯などと喩《たと》えて悦《えつ》に入っていたが、何のことはない、高速で駆《か》け抜けるのは人でも車でもなく、通路サイズにぴったりの巨大岩石だったわけだ。

「なんかこーいうの映画で観《み》たよ！　ハリソン・フォードが逃げてんの」

「……これは罠《わな》ですね」

「罠⁉　って、誰《だれ》が、誰のために、仕《し》掛《か》けた、罠だよっ⁉」

全速力で走りながら聞き返すと、危《あや》うく舌を噛《か》みそうになった。だってここは地上を追われた人々が生活する場所だったはずだ。そこに何故《なぜ》、こんな罠が必要ある⁉

ふとヘイゼル・グレイブスならどうするだろうと考えた。

有り得ない危険な罠も、トレジャーハンターなら当たり前のように回避《かいひ》しているだろう。ヘイゼルやその後を継《つ》いだという孫娘《まごむすめ》、そしてこの先も代々続くであろう冒険野郎《ぼうけんやろう》、冒険淑女《しゅくじょ》達なら、この危機をどう回避するだろうと思ったのだ。

バズーカ砲を構えるアメリカ人のイメージが浮かんだ。日本人には参考にならない。

「ユーリ！」

息を弾《はず》ませながらサラレギーがおれを呼ぶ。その声はとても楽しげに聞こえた。おれが不謹《ふきん》慎《しん》なだけなのかもしれない。

「どこまで走ればいいのだと思う?」

「知るかよッ」

反射的に叫《さけ》んでしまってから、闇を見透《みす》かす彼の特技に気付く。松明頼《だよ》りのおれたちとは質が違う。

「サラ、そのよく見える目で逃げ場を探してくれ！　脇道だとか壁の窪みだとか、何でもいい。あの岩を避《さ》けられる場所だ」

「全然ないね」

……訊《き》くんじゃなかった。

勢いのついた重い球体が転がる速度は、人の全力疾走《しっそう》よりもずっと速い。それがごく緩《ゆる》い斜《しゃ》面《めん》だとしても。

背後に迫《せま》った凶器《きょうき》は、既《すで》にその衝撃でこちらの足が縺《もつ》れるくらいまで近付いている。あれが生きていたら、息遣《いきづか》いまで聞こえそうな距離《きょり》だ。

隣《となり》でヨザックが、一瞬《いっしゅん》自分の爪先《つまさき》を見て、片目だけをぎゅっと瞑《つぶ》った。痛みを堪《こら》えるような仕種だ。不意に彼の身体が右に傾《かたむ》いた。

「ヨザック!?」

どこか傷《いた》めたのかと驚《おどろ》いたが、どうやら単に壁に近付こうとしただけらしい。

「走って、そのまま。止まらないで」

もちろんそうするつもりだが、ヨザックがいきなり何を言いだすのかと気になり、僅かに速度を落とした。

怪訝《けげん》そうな顔になっていたらしい。彼は安心させるように、左の掌《てのひら》でほんの一瞬おれの頰《ほお》に触《ふ》れた。そしてまるで彼らしくなく、クリスマスの絵画みたいに笑った。

「あなたは走るんです、陛下」

だが、彼は足を止めた。

「ヨザっ……」

おれは勢いを殺せず、そのまま駆け抜《ぬ》けてスリップして転び、足の下の土を削《けず》ってやっと止まった。腰《こし》を捻り、戻《もど》ろうとする目の前に、何度も見上げては厚さを測った石板が落ちてくる。

轟音《ごうおん》と共に地面に食い込み、空間はそこで分断された。

向こう側で彼がスイッチを押したのだ。

「ヨザック⁉」

取り縋《すが》ろうと掌と胸を押し付けたところで、金属の折れる音と硬質《こうしつ》な石同士がぶつかる鈍《にぶ》い音がした。石板の表面に伝わった衝撃で、身体が再び弾《はじ》き飛ばされた。

投げ出された松明《たいまつ》が、最後に細い煙《けむり》を残して消える。まるで光が道連れにしたように、音も全《すべ》て消え去った。

暗闇の中、転がった瞬間と同じ姿勢で、おれはただ座り込んでいた。声を発するのも恐《おそ》ろしかった。もしこれが夢なら、動くと同時に現実になってしまいそうで、指の一本を震《ふる》わせることさえできない。

そうしてじっと待っていれば、あの重い石をひょいと持ち上げて、今にも彼が姿を現すのではないかと思って、息をすることさえできなかった。

だが闇は闇のまま、静けさは静けさのままで、いつまで待っても何も起こりはしない。

やがて砂粒《すなつぶ》を踏む控《ひか》えめな足音が顔の脇《わき》に近付き、細く柔《やわ》らかな声がおれを呼んだ。

「ユーリ」

瞬間的に怒《いか》りが湧《わ》き上がる。

声をだしやがって、音を立てやがってと、理不尽《りふじん》な怒りの矛先《ほこさき》を危うく他人にぶつけるところだった。

おれは返事をせず、ゆっくりと手順を踏んで身を起こし、痛む膝《ひざ》で新しくできた壁の下《もと》まで這《は》いずった。全ては暗闇の中、手探《てさぐ》りだ。

「……ヨザック？」

膝立ちで届く高さからずっと、磨《みが》かれて滑《なめ》らかな石の表面を撫《な》でた。一番下まで辿《たど》ってやっと、壁よりは柔らかい地面に触れる。おれは人差し指で九十度の継ぎ目をなぞった。

何度もなぞった。

もう一度名前を呼んだら、耐《た》えられなくなった。

「どうして……っ！」

土と石の混ざった路面を掘ろうと、ただひたすら指を動かす。実際には引っ掻《か》く程度にしかなっていないだろうが、そんなことはどうでもよかった。向こう側まで掘らなければならないと思っていた。

繰《く》り返し名前を叫び、返事をしない彼を罵《ののし》った。

「ユーリ」

肩《かた》に手を置かれても気付かず、それが誰なのかさえ考えもしない。

「泣いているの？」

生きてる誰かがおれの隣にしゃがみ込む気配があった。その時になってやっと、サラレギーがいたのだと判《わか》る。柔らかい髪《かみ》が、おれの頬に触れた。

自分が目を開いているのかどうかも判らないような闇《やみ》だ。サラがどんな顔でおれを見ているのかなんて、知るわけがない。

「違《ちが》う所を掘ってる」

触《さわ》り慣れているはずの彼の手が、おれの手首を握《にぎ》って引っ張った。左へ、前腕《ぜんわん》の長さくらい左の地面へと。

そこだけ、ぬるつく何かで濡《ぬ》れていた。

サラレギーの指先が、おれの手を掠《かす》めるようにしてそこに触る。微《かす》かな空気の流れで、隣の腕《うで》の動きを感じる。

サラは、くんと小さく鼻を鳴らし、その濡れた指のままでおれの左頬を撫でた。

血だ。

12

日の射《さ》し込まない地下を移動していると、今が一日の内いつ頃《ごろ》なのかが判らなくなる。つい癖《くせ》で自分のデジアナを見ようと手首を掲《かか》げるが、城に置いてきたことを思い出した。どのみちたっぷりの紫外線《しがいせん》を吸わせてやらなければ、夜光塗料《とりょう》も役に立たない。それにしても自分の腕さえ判らないとは、どれだけ深い闇なのだろうか。

たとえ暗闇の中に置かれても、最初の内は地上での時刻が気になる。時計が読めなければ疲《ひ》労《ろう》の状態や空腹感、ひいては歩数まで持ち出してきて判断しようとする。

だがそのうち、そんなことはどうでもよくなり、休息や食事への欲求も忘れる。何もかもどうでもよくなってしまうのだ。

おれはただ、足を動かしていた。

右の次は左、左の次はまた右という具合に、転ばずに歩くことしか頭になかった。この地下通路を通り抜けて、砂漠《さばく》の向こうの施設《しせつ》と墳墓《ふんぼ》へと向かう。過去に決めた自分の意志に、唯々《いい》諾々《だくだく》として従っているだけだ。

片手は壁《かべ》から離《はな》せない。暗闇の中を手探りで歩くには必要なことだ。

不意に空気が止まり、先を歩いていたサラレギーの気配が消えた。この闇の中で彼とはぐれたら、自分は一体どうなるのだろう。彼は夜目が利《き》き、火が無くても行き先が見えるが、おれは月明かり、或《ある》いは陽光が射し込むまで何も見えない。

一人では絶対に踏破《とうは》できないだろう。今のところは一直線の通路だが、この先分岐《ぶんき》点にでも差し掛《か》かれば、道に迷い飢《う》えて野垂れ死ぬかもしれない。それを恐ろしいと感じるよりも、諦《あきら》める気持ちが大半を占《し》め始めていた。

仕方がないと。

前方から気配を消したサラレギーは、歩みを止め、おれが追いつくまで待ってくれたらしい。彼独特の空気が隣《となり》に来ると、いつもどおりの声が聞こえた。

「見えないんだね」

黙《だま》って頷《うなず》く。言葉で返事をしなくても、サラレギーには見えているはずだ。

「歩きにくいでしょう、手を引いてあげる」

そう言うと、案の定おれの返事も待たず、勝手に左手を握りさっさと歩き始めた。

「暗い中で見えないなんて、皆は本当に不便な生活をしていたのだね。わたしはずっとこれが普通《ふつう》だったから、てっきり皆も見えるものだと思っていた。だから真っ暗闇でも眼《め》を開けているわたしのことを、女官たちが妙《みょう》な名前で呼んでいたわけだ」

妙な名前か。そういえばサラレギーには何か変わった呼称があった気もする。

「ごめんねユーリ。わたしはそういうところになかなか気が回らなくて」

繋《つな》いだ手を子供みたいに振《ふ》り回し、わざわざ並んで歩くために、歩幅《ほはば》をこちらに合わせているようだ。ずっと昔、幼稚園《ようちえん》に通っていた頃《ころ》の遠足みたいな歩き方だ。相変わらず機嫌《きげん》がいいのだろうか。

「もっと早くこうすればよかった」

おれはただ、足を動かす。そうすれば進むから、足を動かしている。

「ね、ユーリ。あなたはもっと早くこうするべきだったんだよ」

もっと早く？ どうするべきだったって？

それでもおれのすることに変わりはない。ただ歩いて、この地下を抜《ぬ》ける。あの子達の居る施設を探し、皇帝《こうてい》達の墳墓へと向かう。過去に決めた自分の意志に従う。あの頃の自分には、まだ決断する能力があったから。

歩いて、休んで、また歩いた。

王宮育ちのサラレギーにとっては、かなり辛《つら》い行程だと思っていたのに、結局どちらも音《ね》を上げぬまま、二人とも疲《つか》れ果てるまで歩き通し、どちらともなく眠《ねむ》り、どちらともなく起きては歩き始めた。何も口にせず、おれはろくに話しもしなかったが、サラレギーはずっと機嫌が良かった。それだけは幸いだ。

三日目の半ば頃になって、サラレギーが子供じみた感嘆《かんたん》の声をあげた。

「ユーリ見て。天井《てんじょう》だよ、天井。天井に穴が開いている」

言われて顔を上げると、確かにずっと高く遠くの方に、ぼんやりと白い円があった。

「穴……？」

「そうだよ。ああ、暗闇に慣れ過ぎて急には見えないかもしれないね。ここはとても天井が高い。城の吹《ふ》き抜けみたいになっているんだ。ああ、これまで狭《せま》いばかりの通路だったから、これだけ広いと気も晴れるねえ……どう？　ユーリ、明るさに段々慣れてきた？」

おれは首筋が痛くなるまで上を向き、確かに光が射し込んでいるらしい白い円を見詰《みつ》め続けた。あれだけの光が射していれば、ここも薄《う》っすらとは明るいはずだ。自分の手も、サラレギーの顔もじきにはっきりするだろう。

「……ユーリ？」

ぼんやりと白い人影《ひとかげ》が、こちらを覗《のぞ》き込んでくる。おれは目頭を人差し指で擦《こす》り、その掌《てのひら》をじっと見詰めた。

「サラ、おれは眼をあけているかな」

「開いているよ、それがどうかしたの？」

「……顔が見えないんだ」

光と、光によって生まれる影は判る。でも顔も手も、石も地面も。

見えないんだ。
誰《だれ》の名前を呼んだらいいのか、判《わか》らない。

メガネーズ＋《プラス》F

「困ってしまってコンバンワワーン、コンバンワワワーン。コンパルソリ、ムラケンズの眼鏡《めがね》ッコって言われるのに抵抗《ていこう》があるほうの村田です。そして隣《となり》は、あまりのことに欠席の渋谷《しぶや》兄弟に代わり、現在絶賛仕事中！　のワーカホリック国際人、ボブです」

「もしもしフランソワか!?　大変なんだ、ジュニアが交通事故を起こした。店の前に佇《たたず》んでいた米軍士官を原動機付き自転車で跳《は》ねとばしてしまったんだ。とぼけた眼鏡の男だが、驚《おどろ》いたことに大佐《カーネル》らしい。制服マジックの良い例だな。え、何だ、そっちは朝の四時？　それはすまなかった。だがこちらも三時までに治療費《ちりょうひ》を支払《しはら》わないと、米軍に通報すると店側が言っている。まあ提督《ていとく》に言づてしてもいいのだが、一旦《いったん》通報されればジュニアの経歴に傷が付くだろう、そこでこれから言う口座に至急入金して欲しい。え、何だって？　最近そういう詐欺《さぎ》が横行している？　怪我《けが》をした大佐の名前を言え？　名前はサンダースだそうだが……何!?　私がボブ本人である証拠《しょうこ》だと？　フランソワ、お前を雇《やと》ったのはこの私だぞ。雇い主を疑うつもりか？　お、おい切るな、切るんじゃない！　フランソワ？　フランソワー!?　フラン……くそ、フランソワめ……次回のタイトルを伝える間もなく切られてしまった」

「ああ、次回『箱は㋮のつく水の底！』のことねー。ていうかボブ、尻《しり》に敷《し》かれてる？」

あとがき

ご機嫌《きげん》であります！　最近、顎《あご》が割れてきた気がする喬林《たかばやし》です！

割れるのは腹だけで充分《じゆうぶん》です。しかも私の場合、横に割れてますからね、横に三段くらいにね。いえホントはですね、ご機嫌とは、程遠《ほどとお》いところであります……。私は常々「本というものはどこからお読みになろうとも読者の皆様《みなさま》の自由である。たとえそれが三一八頁《ページ》であろうとも、たとえそれが奥付であろうとも」と思い続けてきた人間です。いいです、背表紙から読まれても。しかし皆様、今回ばかりは。今回ばかりは最初から終わりまで順番どおりにお読みくださることを切に願います。理由は申し上げられません。何故ならここでそれを書いてしまったら、ページ順どおりにお読みいただく意味が無くなってしまうからです。最初から読んでね、と可愛《かわい》ぶって書いてみたり。まずはテマリさんの、ジタバタするなよ（世紀末が来るの？）というくらい格好いい表紙をじっくりとご覧いただき、それから本文をざーっと走り読みするのが正しい用法です。あっ、書店で挿絵《さしえ》だけ見ちゃうのも避《さ》けてください！　危険です。

さて、随分《ずいぶん》間が開いてしまいましたが、やっと本編がちょっとだけ進行いたしました。お待たせしてしまい、申しわけありません。私の方はその間、公私ともに色々なことがあり、へこんだり沈《しず》んだり落ち込んだり崩《くず》れたりテンパったりしていたわけなのですが、ここにきてやっとどうにかなりそうな気がして参りました。人生には実に様々なことが起こるので、人間には侮《あなど》りがたい立ち直り機能が標準装備されているわけです。よくできてるなあ、人間って。

そうこうしているうちにNHK BS2で放送中の㋮ニメ（と呼ぼう！ 胸を張って）が、教育テレビでも見られるようになっています。よい子のみんな、地上波で渋谷と握手《あくしゅ》！ そして更《さら》に「月刊Asuka《あすか》」では、松本テマリさんによるマンガもスタートしています。私は先程見ましたよ、次男の白い軍服（と渋谷のヒモパン半ケツ姿）を。ててテマリさん!? テマリさーん!? 素晴《すば》らしいです、テマリさん！ では次は、マーメイド刈りポニをお願いします。是非《ぜひ》とも。ぜ、ひ、と、もっ。

本編では、あーいうことになっておりますが（横でGEGが泣いています。原稿遅《げんこうおそ》いからですよね？ それだけですよね？ Ⓖ違《ちが》います）、㋮ニメ、マンガはまた原作とは違《ちが》った楽しさ美しさ面白《おもしろ》さです。どうぞ宜《よろ》しくお願いします。そのついでにでも、原作次巻をたまーに思い出してくださると嬉《うれ》しいのですが……あ、いや、三ヵ月に一度くらいの頻度《ひんど》で結構ですから。

ところで、前巻からお問い合わせ多数のあの歌ですが「Amazing Grace《アメイジング グレース》」という賛美歌をモデルにして書いています。もちろんヘイゼルは宣教しに行ったわけではないので、歌詞をそのまま広めてはいないと思いますが。

喬林 知